相信阅读，勇于想象

火 星 三 部 曲

EARTHBOUND
飞 向 地 球

【美】乔·霍尔德曼/著　吴天骄/译

北京理工大学出版社
BEIJING INSTITUTE OF TECHNOLOGY PRESS

火星三部曲

作者简介：

他，多次获得雨果奖、星云奖；

他，参与撰写了从 20 世纪 60 年代开始长盛不衰的电视剧集《星际旅行》；

他，创作了"最值得回味的科幻战争小说"；

他，就是美国科幻小说作家，美国科幻奇幻作家协会（SFWA）的终身会员，协会的前会长，雨果奖、星云奖以及约翰·坎贝尔奖获奖者——乔·霍尔德曼 (Joe Haldeman)。

游子总要归家

01

我离开地球的时间太久了,以至于听到枪声时我压根没反应过来这是什么声音。

我们从阿姆斯特朗太空部队基地的海滩出发,沿着一条砾石路行走。我不知道,我们刚才在那里是否目睹了世界末日。人们在检查电话、手表——所有电子设备都停止了运行,就连我手腕上的手表文身都停在了10:23。那时,我们正在观看火箭发射升空,结果它发出爆响突然中途熄火,坠入了太平洋。

火箭没有爆炸。它只是停止了运行,就像其他电子设备一样。

枪似乎不受停电影响,所以爆米花一般的声音欢快地响个不停。"趴下,卡门。"纳米尔主动喊道,"我们不知道他们在向谁开枪。"所有人都匍匐或躺在路上,让身体低于道路两侧沙丘的高度。我也像他们一样压低了身子。

一位老人从砾石路上跑了下来,他身穿白色套装,头戴太阳帽,还挎着个样式新奇的相机,相机在他胸前摇来晃去。他焦虑地回头看了看枪声传来的方向。

"卡德?"要是几天前没跟他进行过视频通话的话,我就差点认不出这是我弟弟了。

他差点滑倒在砾石路上,但还是成功地稳住身体,蹲在了我的旁边。

"亲爱的老姐……"他还在回望着枪声传来的方向,"发生了什么事?你们不是应该解决这个外星废物了吗?"

"不太成功。"我说,"说来话长。如果明天我们还活着,我就把详情一五一十地告诉你。"

传来几声巨响,我猜是炸弹或手榴弹发出的。"纳米尔去哪儿了?"

"他在后面。"他的妻子艾尔莎说着,朝她的另一个丈夫达斯汀猛地竖起了大拇指。达斯汀指着雪鸟,而雪鸟的四只胳膊都指向右边。

我应该指出,我们虽说不像动物园那样种类繁多,但也算个大杂烩:三个人来自地球,三个人来自火星基地,还有一个真正的火星人。现在还得加上我的弟弟,他在地球和火星都待过。

卡德向火星人雪鸟挥手,试图用嘶哑的声音说"你好"。他在火星上按要求待满了五年,然后就逃回了地球。他总是说不好火星语,就像其他人那样。

"你好,卡德。你比我印象中的你年轻多了。"

"该死的相对论。"他答道,然后他又对我说,"你以前可是我姐姐。"

"我想我们总会有办法解决的。"按地球时间计算,我出生在84年以前,但我想我只活了37个地球年。从真正意义上说,我那个淘气鬼小弟的年龄现在是我的两倍,从痤疮到秃顶他样样俱全。

纳米尔咔嗒咔嗒地走了回来,一只胳膊下夹着两支自动武器,另一只手里拿着把带枪套的手枪。他把手枪给了艾尔莎,还给了达斯汀一挺机关枪。

这样很好。所有的间谍都配上枪了。

艾尔莎仔细检查了一下手枪,那些操作让人眼花缭乱。"别跟我说你在沙丘后面找到了一家枪械店。"

"我没干掉任何人。"

"但会有人去找他们的。"达斯汀说。

"一时半会儿不会有。"他注视着卡德,说道,"你肯定是卡门的弟弟。"

卡德冲他点了点头,"你肯定是个间谍。"

"纳米尔,我们得找个更利于隐蔽的地方。"

"我们开车经过的上一个地方,看起来像不像个车辆调配场?"艾尔莎说。

"我想起来了,是的,那周围都是沙袋挡土墙。"

"现在那里可能空无一人,因为似乎没有车辆在工作。"

"我们不能就这么拿着枪走过去。"我说。

"对。所以你先走。"

"等枪声停了我们就走。"事实上,我有一分钟左右没听到枪响了。"枪声来自哪个方向?"我问卡德。

"我猜来自媒体和贵宾所在的区域。他们安排了露天看台。他们本打算让我留在那里,尽管我有通行证。我本来雇了个人带我去上一个检查站,离这儿有半英里[①]远。"

"很高兴你找到了我们。"我一边说着一边小心地站起身来。那个车辆调配场离这儿有一个街区,里面有座低矮的建筑,还有几十辆美国国家航空航天局的蓝色卡车和手推车,明显那儿没有人。"保罗,我们走吧。"

---

① 1 英里 =1609.34 米。

保罗站了起来,梅丽尔跟在他身后,然后是我弟弟。卡德说:"我可以和当地人交谈,毕竟我在加利福尼亚州住了35年。"

保罗说:"给雪鸟留个武装警卫,火星人现在可能不太受欢迎。"

"不要让任何人为了我而冒生命危险。"火星人说,"反正我活不长了。"

"这可不一定。"我底气不足地说道。

"我不能靠人类的食物维持生命,所以我待在这儿就只能再活几天了。唯一的可再生能源在西伯利亚的火星人殖民地。我无法步行到达那里——当然如果我有时间,我可以步行过去,而且那里可能会很冷。但这需要很长时间,而我不能靠山吃山,靠水吃水。"

"电力随时都有可能恢复供应。"纳米尔说,"我们对他者是怎么想的一无所知。"

"不必安慰我,朋友。我活得已经够久的了,都够在大海里游泳了。"

纳米尔盯着他看了一会儿,点点头,然后看向我,"好吧,卡门,到车辆调配场去,四处打探一番。如果没啥危险,就给我们发个信号。"他想了想,笑着摇了摇头。"我的意思是,你带着枪待在这儿,我——"

"别做个看不起女人的男人。"艾尔莎说,"卡门,你知道怎么开枪吗?"

"从来没学过,我不会开枪。"

"所以你们别带武器,上前敲门。我们附近没有枪击声。"

"好吧。"三个手无寸铁的太空旅行者对上带扳手和电池测试器的汽车修理工,天知道有多少个。

"不要有任何挑衅的行为。"纳米尔说,"只要给我们信号,我们就会从沙袋后面上来。"

我说:"或者我可以声嘶力竭地放声尖叫。好吧,只是开个玩笑。"

我们沿着斜坡向上走,然后顺着铺好的路向下走。早晨最后的一丝凉意已经消失得无影无踪,车辆调配场在高温下发出刺目的光芒。

"电力供应出了什么问题?"卡德问,"我看到火箭中途熄火并坠毁了。但这和汽车有什么关系呢?"

他可能是全美国对此事唯一一无所知的人。他沿着砾石路朝我们走来,他不可能一直看着立体视频,注意到事情发生时的种种细节。

"他者中断了电力供应。"保罗说,"当他们让月球解体,让附近的太空中填满了碎石的时候,原本会把地球变成一个'禁止太空飞行'的区域。"这事就发生在上周。

"结果似乎很明显。但无论如何也得试一试能不能用火箭开道,用重型防护罩和激光在碎石中轰出一条路。"

"所以他者关闭了所有的自由电源?"卡德说,"事态严重。地球上有多久没有真正的发电厂了?"

"比那更严重。"我说,"你的手表和手机都停止运行了。电池失效,所有的电器都失效了。"

"不是所有的。"梅丽尔说,"我们的大脑是电磁的、电化学的。"

"枪能使用无烟火药。"保罗说,"所以我想,如果不发电的话,化学能也可以派上用场。"

"他者没做出任何解释。"我说,"只是,我们一直在使用的免费能源是以牺牲某个供体世界为代价的。作为对我们藐视他们的惩罚,我们现在是供体世界了。"

"停电要持续多长时间?"

"搞不好会是永远。"保罗说,"为此,我们需要做很多调整。"

卡德停了下来,用手掌拍了拍前额。"耶稣啊!在最开始的几秒钟内死了多少人?"

梅丽尔说:"所有使用人造器官的人,或者靠生命维持系统的人都死了。见鬼,只是使用心脏起搏器的人,可能就死了几千万,甚至也许死了几个亿?"

"还有那些在高空飞行的人们。"保罗说,"除非飞机上有飞行员,而且飞行员懂得如何让飞机滑翔和降落。没有电脑的话,没有多少人能做到这一点,即使他们已经靠近了跑道。"

卡德点了点头,"还有很多坐车的人。洛杉矶的高速公路上汽车将会成堆撞毁。大家使用的都是自动驾驶,车速高达每小时150英里。"

"汽车上没有故障保险装置吗?"我问道。

"有,但它们就像电磁铁的反面,引擎制动。我不明白没有电流它们怎么能工作。"我的小弟突然变成了一名经验丰富的工程师。

我们走到车辆调配场的门口。保罗敲了两下门,把门推开。"喂?有人在这吗?"

"我们在这里。"一个声音在黑暗中回荡,"你们是什么人?"

"太空部队飞行员。"他撒了个小谎,"我们当时在海滩上,观看火箭发射。"

"我们也是。"脚步声渐渐接近。一男一女穿着美国国家航空航天局的蓝色工作服从黑暗中走了出来。"当我们无法救助他人的时候,我们就回来了。为什么会有枪声?"

"我们不知道。"保罗说,"听起来像从检阅台上传来的。"

"媒体关系部除掉了目击者。"这名男子说。

"严肃点儿,威尔伯。我是凯茜,这是威尔伯……"她指着保罗,

"你是个名人,而你是那个火星女孩。"

"当我还是少女的时候,人们是这么称呼我的。"我向他们介绍了梅丽尔。

"你去找外星人了,他者。"她摇了摇头,"我的祖母那时还是个花季少女,她看着宇宙飞船起飞,成为天空中最亮的星星。但你应该不是火星女孩吧,我的祖母现在都八十多岁了……我想相对论确实有效。"

我不得不尴尬地笑了笑,"看来相对论对我有用。"

那个男人清了清嗓子,"他者是幕后黑手吗?火箭发射失败和电力中断都是他们干的?"

"作为惩罚。"保罗说,并解释了我们所目睹的事实。在发射过程中,并不是每个人都全程关注立体视频。需要多长时间传播这个词?口头和书面的信息,仅凭人力传递的话。

又是两声自动武器开火射击的声音。威尔伯走到门口,朝那个方向张望。"希望那是我们的人。"

"肯定是我们的人,不是吗?"凯茜说,"可是他们在向谁开枪呢?"

"可能只是向空中开枪,以便控制人群。但我真希望我们这里有武器,以防万一。"

"我们有几把枪。"我说道。威尔伯锐利的眼睛紧盯着我。"我们不想在走过来的时候看起来很有威胁性。枪在我的同伴手上,他们留在通往海滩的路上。"

"最好把他们带过来。"

我开始下意识地去摸我的手机,这种条件反射会持续多久呢?我走到门口,挥动双臂。

他们四个出来了。"天啊!"威尔伯说,"那是个火星人吗?"

"不,是两只鸵鸟共用一件土豆装。"艾尔莎和达斯汀向我们小跑过来;纳米尔慢慢走过来,掩护着雪鸟。她穿着一件肮脏的白色工作服,桌布大小,拖着四条习惯了火星重力的腿艰难前行。当人类和地球作为抽象概念存在时,她挺喜欢的,但我认为活生生的现实对她来说有点残酷。

"我们听说基地里有一个火星人。"凯茜说。

"他们并不危险。"威尔伯说。

"天哪,不。如果雪鸟摔倒在你身上,她可能会伤着你。"

"这三个人看起来很危险。"凯茜说,"虽然可能是因为他们持枪的缘故。"

"他们是士兵。"我简明扼要地说,"在星际飞船上的时候,他们和我们在一起。"艾尔莎和达斯汀侧身而入时,我介绍了他们,然后介绍了雪鸟和纳米尔。

"去放哨,达斯汀。"纳米尔说,"谢谢你们收留我们。我们在这儿待不了多久。"他指着一张长长的午餐桌,"让我们坐下说吧。"

纳米尔坐在桌前首座,开始拆卸和检查他的武器。"如果这是一次军事行动——"

"事实并非如此。"保罗平静地说。

"我们不会忘记的。但如果是的话,就有一个标准的关注等级划分:首先是弹药,其次是水,再其次是食物。现阶段的通信变得无关紧要,而机动性,看起来只有用脚走了,弹药是最重要的。你们这里没有吗?"

"没有枪。"威尔伯说,"不过在储物柜里有几把信号弹手枪,和救生筏放在一起。"

"说到水的话,我们储量充足。"凯茜说,"我们自己有水箱。食物不算太多。有台零食售卖机,还剩了些百吉饼。"

"随着供应线的中断,食品将成为长期关注的问题。达斯汀,告诉他们农场的事。那个农场是叫水果农场吧?"纳米尔把他的枪重新组装起来,并且和达斯汀交换了位置。

"是的,是个家庭农场,也是个公社,我在那儿长大。向北再走几百英里就到了。"

"我还以为他们跟你断绝关系了呢。"我说。

"嗯,他们不认我了,但那是 70 年前的事了。那些管事的保守派现在应该都已经死完了。"

"要走很长一段路。"保罗说。

"我们晚上走。"纳米尔说,"不过,不到十天就走到了。"

"你们要走多远才能走出沙漠?"我问道。

"12 英里。"威尔伯说,"11 点 6 分出发,就在这北面的通道上一直向西走。这个农场在哪儿?"

"在维瓦伦托附近。"达斯汀说,"俄勒冈州边界那边。"

"从 17 号州际公路往北走。"凯茜说。

"好的。没有车。"

"你们俩有什么打算?"我问道,"人多力量大,如果你们想和我们一起去的话也挺好。"

"不,我还是回家吧。"她说。

威尔伯点点头,"绝无冒犯之意,雪鸟女士,但我不太想跟火星人一起旅行。"

"我也不想。"雪鸟说。你永远分辨不出火星人什么时候是在讽刺,什么时候只是按逻辑回应。

"我们应该发动所有人搜遍这个地方寻找食物。"纳米尔说,"你能领我看看那些零食售卖机吗?"

我们跟着威尔伯穿过黑暗来到小吃店的壁龛处。在玻璃后面有两台装满零食的机器。敲玻璃时才发现原来不是玻璃而是不易破损的塑料。我们砰的一声把机器打翻在地,威尔伯找到了一根撬棍,我们用它撬开了锁,撬开了机器的背面。这种方式隐约让人产生满足感。

(这些机器不是投币消费,而是用配给卡刷卡消费。所以威尔伯或凯茜可以坐在那里,每4个小时就吃根棒棒糖。那时我们还没有配给卡,因为当地球进入22世纪的时候,我们还置身于太空之中。)

当男人们把零食售卖机洗劫一空的时候,我和凯茜去找像背包之类的东西来装战利品,结果一无所获。

在收发室里,我发现了一辆金属手推车,车架上放着一个空邮袋,靠四个结实的脚轮滚动前进。我们推着它去了水上救援储物柜,在那里我取出了两支信号枪,每支配有一条插了四枚信号弹的子弹带。

等我们回到小吃店的壁龛处,我们让凯茜和威尔伯把他们的口袋和两个袋子塞满,然后根据保质期把剩下的东西分成几堆,这样我们就可以把相对容易腐烂的东西放在最上面——之前被冷藏过的水果和三明治, 还从一台饮料机里翻出了10升瓶装水和几十瓶不太有用的软饮料与淡啤酒。

我的手推车能装下大约四分之一的战利品。没人找到像背包这样的东西,但储藏室里有一个抽屉,里面装满了各种尺寸的布袋。我们可以一起携带所有的水和大部分食物,把大部分软饮料和淡啤酒留在原地。

雪鸟坚持要带两小包零食，尽管她一点也吃不下，而且她拒绝带水。"没有水，我也能活上一个星期或更长时间，毕竟我来自一个干燥的星球。"除非他们重新打开电源，否则她活不了一个星期。

凯茜和威尔伯祝我们好运，然后向他们的家走去，这需要徒步跋涉好几个小时。

他们都没有家庭负累，但凯茜还得喂她养的猫和鱼。

"不如把鱼喂给猫吃。"他们离开后，梅丽尔说道，"或者把它们都给炸了。"

纳米尔看着他们离开，"他们看上去都是好人，但世事难料，他们可能会带着其他人一起回来。"

"也许我们该走了。"达斯汀说。

"我们不想在白天旅行，尤其是在食物和水并不充足的情况下，会有很多人没东西吃没水喝，却带着枪。"

"所以趁现在还能休息的时候,让我们休息一下吧。"艾尔莎说,"我们这些有武器的人轮流站岗，每次两个小时怎么样？"我们确保所有的门都锁上了。窗户上镀有银质隔热膜，所以如果里面光线很暗的话，没人能看见我们。

我在后面的房间里找到了一张简易床，但我睡不着，我的脑海里盘旋着各种各样的念头。如果我们经过两周的长途跋涉，平平安安、顺利抵达，达斯汀的家人会欢迎我们加入吗？那么方程式中其他 70 亿人呢？

两周后就不会有 70 亿人了，也许活下来的还不到一半。我几乎无法想象在拥挤的城市里会是什么景象。即使政府试图为每个人提供食物、水和住所，但在没有通信和交通的情况下，他们怎么能做到尽善尽美呢？

当我在学校的时候，我们被告知，世界上只有三四个月的食物储备。我想，在美国，大部分粮食都储存在粮仓里，离沿海的人口中心远隔数千英里。

抽象意义上而言，我认为非常贫穷的人生存机会最大，他们习惯了在食物链最底层的生活。当货架空着的时候，富人似乎会礼貌地走开。

我想知道达斯汀的家人是否有枪。如果他们是爱好和平的素食主义者，我们也许只能找到他们的遗骸。

我肯定是睡着了，因为接下来我知道的是，梅丽尔猛摇我的肩膀，对我低声说道："有人来了。"

纳米尔、艾尔莎和达斯汀准备好了枪。透过窗户，我们可以看到一群衣衫褴褛的人，大概有二十个，有人用某种沉重的金属物体砰砰地敲着门。

人群中没人手持枪支，但是我们看不到敲门的人是否有枪。没人身穿警服或军装，但他们大多数戴着白色的铭牌。"我觉得他们是送报人。"卡德小声说，"还有贵宾休息室的服务员，来自那些露天看台，就是刚开始他们让我待的地方。"

一分钟后，他们中的大多数人都离开了。那个人不停地敲门，把门锁弄得咯咯作响，然后他也带着一根金属管离开了。保罗从后窗往外望了望，然后回来了。"有几个家伙试图发动车子。他们现在走了。"

"他们没有钥匙怎么能发动车子？"

"你以为他们用的是金属钥匙吗？"威尔伯说，"他们只是有个带破折号的密码。这个密码几乎人人皆知，是'N-A-S-A'。"

"卡德，现在的枪械法是什么样的？"纳米尔问道，"人们家里有枪吗？"

"在加利福尼亚州，你可以持有枪支，但没有枪支许可证你不能随身携带枪，而枪支许可证是很难拿到的。我想现在这是学术问题了。"

"也许吧。我们会看到这条法律是如何适应新环境的。我想知道警察是否会接受任务，并努力执法。"

"我们要去的地方，"达斯汀说，"我不认为会是个法律健全之地。也许在小城镇和一些大城市情况会好些，因为警察可以步行上班。"

"有些人收藏了大量枪支。"卡德说，"几十件能用的武器。不过，大多数都是电动枪。火药和无烟武器很贵，一发子弹要征100美元的税。我想，现在到处都是军队和警察的弹药。"

纳米尔看了看他的弹夹，"我有两个弹匣，四十发子弹。达斯汀，你有一个弹匣？"达斯汀点了点头。

艾尔莎举起手枪，"我有九发子弹。"

"所以我们不会有枪战。我们必须假设，我们遇到的任何持有武器的团体都会有更多的弹药。"

"这不是一场战争。"我说，"我们甚至不应该从这些方面进行思考。这更像一场自然灾害。"

"这绝非自然灾害。"达斯汀说，"我不会坐等红十字会出现。"

"我有个激进的想法。"梅丽尔说，"与其带着枪上山，倒不如试着找到红十字会这样的组织，去做志愿者。尝试做一些建设性的事情。"

"这是个好主意，"保罗说，"可是你往哪儿去呢？你会怎么做？"

"得找个成气候的城市。"我说，"在那里才可能有慈善组织，有大量的志愿者，能为急救工作提供资源。"

"比如电脑网络和救护车，还有直升机。"纳米尔摇了摇头，"更有用的是，他们可能有急救包。不过，我不想成为他们的保护者。"

"你的思维方式太像军人的了。"梅丽尔在他对面的桌子旁坐了下来，"有朝一日，那也许能拯救我们的生命，但它并非一切。如果能做些什么结束混乱和无政府的状态，我们必须马上去做。"

"你去做吧。我会从坚固的掩体后面掩护你。"

"我能说句话吗？"雪鸟把两对手臂交叉抱在胸前，这是一种进行思考的姿势，"就像我曾经听到的说法，此事与我并非利害攸关。你们的决定不会影响我的命运。"

"纳米尔，你们的弹药不足。你的子弹只能连射四秒钟，达斯汀能连射两秒钟。当子弹打完的时候，你们的武器就成了一块废铁。"

"当然，你们可以单发射击。我们也能找到弹药。"

"但是会有人守护弹药，他们会杀了你们，不让你们靠近它。你们能携带多少？他们无法再制造弹药了。"

"周围可能有很多弹药，但我同意你的观点。"

"如果你打算存活几周或几个月，暴力就并不可取。当子弹打光了，你们怎么办？"

我对艾尔莎的回答一点儿也不惊讶。"即使我丈夫手无寸铁，他也比两个枪手危险得多。"

"不错的观点。"他说，"但我觉得两个枪手会更危险。"

"但从长远来看，雪鸟是对的。卡德，往北走的话，离我们最近的是哪个城市？"

"这取决于你对城市概念的界定标准。严格根据法律意义来说的话，是卡德斯特市。但别妄想能在那里美美地吃上一顿。"

"有多远？"

"我想有 25 英里吧。"

"靠我们手头的这些水，我们大概只能走这么远。"

卡德笑了，"你试过用水龙头吗？"

"什么？"

"这不是宇宙飞船。不管在哪儿，你打开水龙头，水就会流出来。"

这对我很有吸引力。依靠回收的尿液生活多年，你会开始对水有真正的亲切感。

外面的一个棚子里，成堆摆放着塑料罐子。

我们没有选择那些闻起来就有股溶剂味的罐子，也没有好好冲洗其他罐子——只是打开水龙头，让水自由流淌。当然，我们不知道这种情况会持续多久。你可以看到几个街区外的水箱。一颗流弹或者刻意瞄准的射击就能打穿水箱，让它空空如也。

离太阳落山还有几个小时。保罗和纳米尔拿起双筒望远镜站在屋顶上四处眺望，没有看到大群人聚集在一起，只有几个孤零零的人和三三两两的小团体。从屋顶下来以后，保罗提出了一个建议。

"我们应该去看看我们是否还有名人效应。不管怎样，回总部去，看看发生了什么事。"这是个合理建议，不过让我膝盖发软。

"我跟你们一起去，做你们的警卫。"纳米尔说。

"不，不要带枪。没有枪，我们可能会更安全。"保罗看着我。

"我想是这样。"不过话虽这样说，我倒是想有根魔杖，可以让其他人的枪消失得无影无踪。

艾尔莎拿出了她的手枪，"保罗，至少拿着这个。你一定在太空部队受过相关的训练。"

他拿起手枪,盯着它看。"2062年受训过一个下午。这就算安全吗?"她点了点头,他把手枪插进腰带里,藏在衬衫下面让人看不见的地方。"谢谢!祈祷它派不上用场吧。"

我把两瓶水和一些食物放在一个袋子里,然后把袋子挎在肩上。我的太阳帽掉在沙滩上了,所以我把一顶美国国家航空航天局的帽子从挂钩上扯了下来,帽子已经褪色了。保罗替我正了正帽子。"现在我们看起来很正式了。"

"如果你们两小时后还没回来,我们会去找你们。"纳米尔说。我看了看手腕上的手表文身,仍然显示的是10:23,也许在我的余生中都会如此显示了。

"3个小时吧。"保罗说,但对他们怎么掌握时间长短没给出半分建议,"走半小时就到了。"

"要小心看台上的人。"卡德徒劳地加了一句。保罗点点头,走出门去。

和他单独在一起是一种解脱,这是我们拂晓离开宿营地以来第一次独处。他握住我的手,捏了捏。"你和我。"

"我和你。"未经思索,我脱口而出。我十八岁时的一首歌的副歌就是这么唱的。保罗那时二十九岁,对我来说年长太多。

我们沉默地走了一会儿。"有太多东西需要理解了。"

"我还在想办法消化这个事实。"

"我想我们都依然震惊不已。"他笑了。

"除了雪鸟,她是唯一确定自己会死的人。"

"可怜的家伙。"

"可怜的我们。该死,是可怜的全人类。一年后会有多少人还活着?一个月以后呢?"

"一个月后,他们还会有东西果腹。"我说。

他点了点头,"一年以后,就只有人吃人了。"

"把你留到最后当储备粮吧。"我掐了他的屁股一把,"你一直是个坚强的老混蛋。"

我们都笑了,暂时不去想那个可怕的念头。

路上有很多垃圾,没有风。新闻稿和促销包,以及杯子和食物垃圾随处可见。这不是主路,住在加利福尼亚州的人要回家的话,他们会走另一条路。

在我们离露天看台还有几百码[①]的地方,暴力的迹象就出现了。黑色的血渍,在尘土中干涸。

起初没有看见尸体,但保罗跟着一连串血渍来到了一个移动厕所的后面。一个穿着性感银色短裤的女人,腹部受了伤。她双手捂住腹部走了几十步,然后就倒下了。她的五脏六腑是一堆灰色和蓝色的东西,闪闪发光,浸透了鲜血。

保罗去查看她是否还有脉搏,而我则靠向另一边,呕吐起来。最后一次呕吐时我呛住了,咳了起来,他扶住我的肩膀,递给我一个水瓶。

他说:"我们不必再往前走了。"

"是的。"我说道,声音沙哑而低沉。

"情况可能会变得更糟。"他开始拔出手枪,我靠在他身上。

---

① 1 码 =0.9144 米。

"把枪藏起来吧。可能有人在监视。"

"当然。"他搂住我,我们继续沿着这条路朝总部大楼走去。

"看看那些黄铜弹壳,有人站在这里向看台开过枪。"我们的左边散落着黄铜弹壳。

"或者是朝空中鸣枪示警。"我说。"没有别的尸体。"

"有道理。"他停住了,"这样不太明智,让我们还是回到——"

我们这时离那座临时建筑的入口大约还有20码。一个又高又胖的家伙走到木制的露天平台上,挥舞着武器,向空中开了一枪。"你们都举起手来!"

我们照做了。他迈着沉重的步子笨拙地走下三级台阶,来到地面上。"看看我们逮到了谁,杰米。你们都是从那艘宇宙飞船上来的。星际飞船。我昨晚在立体视频上看到你了。"

"是的。"保罗说。

另一个人,大概就是他口中的杰米,从黑暗中走了出来。他还拿着一件武器和一架双筒望远镜,上面的吊带晃晃悠悠的。"我一直在监视你们的动向。你们是从车辆调配场过来的。"

他们都穿着美国国家航空航天局的工作服,一尘不染,折痕依然清晰可见。杰米的衣服大了好几个号,所以他不得不把袖子卷起来了。

"你们为美国国家航空航天局工作吗?"我问道。

"我想我们现在算是吧。"那个胖子说,"你想帮我发射我的火箭吗?"

保罗绷紧了身体。不要!"我们并不想伤害你们。"我说。

"我敢打赌你不会。"那个胖子走上前来,用武器指着保罗,眼睛看着我。

"夹好你的裤裆，霍华德。我赌他们把那个该死的火星人带回来了。"杰米下来走到我们身边，"不是吗？"

"我不知道现在谁在那儿。"保罗随机应变地回答道，"你在望远镜里看到火星人了？"

"今天早上在立体视频关闭之前，我看到他跟你们在一起。"

"是其他外星人干的。"霍华德说。

"该是我们做点什么反击的时候了。"杰米说着，用他的武器指着前面的路。

"让我们去和火星先生谈一谈。"他开始向前走，"然后我们再决定怎么处置你们。"

霍华德走到我旁边，把他的粗胳膊搭在我的肩上。"他们说你跟那些人在一起待了50年。"他用力抓住我的乳房，"好像不可能——"

我正准备往他的肋下给他一肘子，只是犹豫了一下，然后听到轻微的咔哒声，接着是一声巨大的爆炸声，我眼前鲜血淋漓，血块飞溅。

然后还有些声音，但我的耳朵嗡嗡作响，几乎听不见。起初我以为所有的血都是我身上流出的，我已经死了。但就在这时，霍华德重重地倒在我面前，他的头盖骨碎了，动脉还在搏动。

我转过身来，看见另一个家伙，杰米，正往后跑，伸出双手去夺保罗的手枪。保罗双手紧握着手枪，但是他的手抖得很厉害，如果他们在一个小房间里，他不可能打到那个人。

我在一种奇怪的、晕晕乎乎的状态中平静地目睹了这一切，意识到在我变聋之前听到的那轻微的咔哒声是他的手枪保险装置打开的声音。

那个杰米现在跑得像短跑运动员一样快。

飞向地球

保罗朝那人的头上开了一枪,弯腰捡起他掉在地上的武器,当然,那也可能是他逃跑时仓皇丢下的。

我回头看了看那个奄奄一息的大个子,他无力地挪动着胳膊和腿,血喷得越来越慢,变成了毛毛雨。他大便失禁,弄脏了他崭新的蓝裤子。我俯下身来,打了个嗝,吐了些酸水出来。我张大嘴巴,耳朵噼里啪啦作响,部分听觉恢复了。

保罗从我身后走了过来,把我拉到他身边。他浑身抖得厉害,身上有刺鼻的汗味和硝烟味。"我杀了他!他妈的。基督耶稣!"

仍然晕晕乎乎的我,听了这话惊呆了。"这是你对我说过的最虔诚的话。"

《从后视镜看:当下的历史》,兰尼·德尔·皮切著(尤金,2140):

……无法计算在第一秒、第一分钟或第一小时内有多少人死于非命。一个星期后,食物尚存之际,全球 70 亿人口中可能有 10 亿人已经死亡。交通系统和医疗生命保障系统的故障——几乎夺去了笔者的生命——所导致的死亡人数占猝死人口的大多数。

然而,在民事和军事管辖彻底崩溃之后,大多数人死于暴力。据笔者所知,没有哪一个拥有超千万人口的大城市,在最初的危机中安然无恙,除中东的宗教集权国家和美国的新联盟以外。(但我认为,如果没有辅助技术来阻止沙漠的蔓延,这两者的安宁都不会持续太长时间,没有财富来换取水。)

从广义的社会意义上来说,文明显然在世界各地的小城镇和城市中幸存了下来。笔者遇到了一对从澳大利亚航行到加利福尼亚州的夫妇,他们说,在澳大利亚东部和东南部海岸以及大堡礁的数百个渔村里,生活相当舒适而又安全。在俄勒冈州,我们有远道而来的帆船游客,南至哥斯达黎加,北至阿留申群岛。没有来自欧洲、非洲或美国东海岸的水手,这使我们相信,巴拿马运河没有开放。

一些个人和小团体从东海岸和中西部骑马或骑自行车来到这里。我听说有些人一路走来,但这样的人我一个都没见过,也不愿相信真有这样的人。仅靠步行的话,这将是一段漫长的路程,要花一年多的时间。

这些旅行者带来的故事通常令人不愉快。东部大部分人口稠密的地区都是墓地,或者只是埋骨之地。

有这样的一些城镇,它们有能力护卫足够的土地来种植作物,自给自足,并能保护中等规模的人口,使其不受掠夺者的侵害。

当然,这些城镇往往位于河流或湖泊旁,气候温和或较为温暖。佛罗里达的幸存人口可能是新英格兰幸存人口的十倍。

(最初从欧洲移民定居在这个国家的人确实住在北方,他们不得不忍受冬天的严寒。然而,在数百万拿着枪的饥民的包围下,他们的表现好不到哪儿去。当人们为了一穗玉米而杀人时,农场经营难以为继。)

幸运的是,弹药越来越少了……

02

我感觉到保罗挥了挥手,转过身来,看到纳米尔正朝我们跑来,他的步枪枪口斜指下方。"我们没事。"保罗说,声音很轻,纳米尔没听见。

保罗仍然抱着我,转了半圈,朝那个人逃走的方向望去。"我想他回到了总部大楼。给你。"他把手枪递给我,"坐在我后面吧。"

他盘腿坐下,两肘支在膝盖上,拿起那人的步枪举到眼前看枪管。他按了几次开关,我猜是保险装置。

这支手枪比看上去要重得多,枪管还是热的。我让自己的手指远离扳机。

纳米尔跑了过来,犹豫了一下,看了看尸体,然后趴在我们旁边,用他的步枪指向我们指的方向。"有人在里面吗?"

"我想是的。我拿到了他的武器。"

"里面可能还有更多人。跟着我!"他一跃而起,穿过马路,来到一辆侧面翻倒的平板卡车旁。"找好掩护。"我们跟着他,蹲在卡车后面。

"发生了什么事?"

"有两个人想去车辆调配场干掉火星人。他们不知道我们有艾尔莎的手枪。"

"那个家伙抓住了我。"我指着尸体,"他一把抓住了我的乳房。"

"你朝他的头开了一枪,提醒他注意礼貌。"

"我朝他开了枪,"保罗说,"我情非得已。很明显,他们……他们没有……"他费力地咽了口唾沫。

"他们不会让你活下去的,"纳米尔说,"好,你反应很快。"

"我啥也没想。"他离开了卡车的掩护,走到被他杀死的人身边。他用脚趾轻轻地碰了碰那人的身体。"他妈的!"他踢那个家伙,"狗屎玩意儿!他妈的!"他更用力地踢他。

我跑过去抱住他,然后把他拉近我,近到我都能感觉到他的心在我的胸口跳动。感觉他踢了一脚又一脚。"他妈的狗屎玩意儿!"他抽泣着。

我的眼睛刺痛,泪水沾湿了他的胸前,我随声附和他,他妈的狗屎玩意儿!骂脏话酣畅淋漓却又毫无意义。

"回到这里来。"纳米尔说,"拜托!你们现在成了容易被击中的活靶子。"他冲门口开了一枪。

保罗振作起来,急匆匆地往回走,我跟跟跄跄地跟在后面。"对不起。"我们挨着纳米尔蹲下时,他对纳米尔说,"以前从没这样做过。"

纳米尔捏了捏他的肩膀,点了点头,但眼睛一直盯着门口没有移开。

门的一角出现了一块白色的东西,一块白布在挥舞。"现身吧!"纳米尔喊道,"举起手来。"

他走到灯光下,眨着眼睛,手里还挥舞着那面白旗,原来是内衣。

"别开枪!我没有枪。"

"还有谁在里面?"

"现在没人了。"他开始打手势。

"把你的双手放在我们看得见的地方！"纳米尔悄悄地对保罗说，"拿着枪站起来。瞄准他，但要躲在掩体后面。"然后他站起来，开始朝那个人走去。

"你动一下就死定了。如果有人出现，你会先死。"

纳米尔靠得很近，把步枪对准了那人的两眼之间。"现在转过去，慢慢地。"那个人照做无误。

"我们要去那栋大楼。你确定里面没人了吗？"

"据我所知没人了。"

"只要我看到一个人，我就打爆你的脑袋。"

"有个死人！有一个死人，也许两个。"

"如果他们确实死了，你就安全了。"纳米尔用步枪的枪口轻敲他的后脑勺，那人吓得缩了一下。"走吧。"

"这看起来不太明智。"我低声对保罗说，"他怎么知道自己会不会中埋伏？"

"他是专家。"保罗想了一会儿，说道，"也许他是在假设，如果那里的人有武器，就会在我们走出掩体的时候向我们开枪。但在我们背对这座大楼之前，他必须确定这样的威胁不复存在。"

"也许吧。"或者，我想，纳米尔可能会冷血地杀死那个人，只不过他不想在我们面前这么做罢了。

他们进了大楼，我等着枪声响起。

枪没有响。他们慢吞吞地走了出来，纳米尔对那个人说了些什么，他就飞快地跑开了。纳米尔拿着枪一直指向他跑走的方向，但却若无其事地朝我们走来。

"这地方一团糟。死了一男一女，好像有人用自动武器扫射了整个控制室。那里没有我们需要的东西。"

"你认为发生了什么事?"我问。

"不知道。那个叫杰米的家伙说他们进来的时候就是这样。他可能在撒谎,但我不认为是他或另一个人杀了他们。他们是被霰弹猎枪打死的。"

"他们可能用了霰弹猎枪,然后就把它扔掉了。"保罗说。

纳米尔点了点头,又耸了耸肩。"'各人必因自己的罪孽死亡①。'我要么让他走,要么杀了他。"

"我们不能把他带走。"我说,但是不喜欢他在外面暴怒无常。

"我们回车辆调配场。"纳米尔说,"等天黑。"

"或者是美国海军陆战队。"保罗说,"看哪个先来。"

艾尔莎正在门口等我们。我把手枪还给她,"它很有用。"

"我们通过双筒望远镜看到了,幸好你们带上了手枪。"

"是的。"虽然我一直认为这是诅咒而不是祝福。

"你应该去和你弟弟谈谈,他不太好受。"

"因为打死人?"

她摇了摇头。"他没看见。他只关心宏观的事情。"

文明的终结?他真幼稚。"他在哪里?"

"卖零食的壁龛那里。"

---

① 出自《圣经·耶利米书》31章,原文为:"但各人必因自己的罪孽死亡;凡吃酸葡萄的,自己的牙必酸倒。"

他盘腿坐在天窗下，面前用六个空啤酒罐搭成金字塔形。喝得很快嘛，30分钟就喝了这么多？

"卡德——"

"我看见保罗杀了那个人。"

"是的，我也是。看到了吗？"我转过身给他看我左肩上的斑斑血迹。

他点了点头，看着它，好像那就是个衬衫上的图案。"我再也不能参与其中了。"

"你所经历的还不到保罗经历的十分之一。"跟你姐姐我更没法比了。"他以前从没杀过人。"

"我知道，我知道，但你不明白。"

"我想我是不明白。"

他把金字塔顶的啤酒罐拿下来啜了一口。"我有三种物理身份，曾经有过。另外两个完全是，曾经完全是，电子的。他们可以在方便的时候采用外部形式——租来的尸体——但他们不必如此。

"我生命的大部分时间里，都是在最初的躯壳中度过的。当原来的身体变得不舒服时，我可以灵魂出窍，自动修复纳米系统就会接管这具身体，而我的意识则留在另外两具化身中的一具里。"

"你是说如果你的大脑让你感到不舒服？"

"大脑、内分泌系统、性腺，产生和调节情绪状态的那部分。"

"好吧，欢迎来到现实。"

他又喝了一口酒，摇了摇头，畏缩着。"这正是我期望从你口中说出的话，卡门。但现实是多种多样的。这种是肤浅的、痛苦的、无法逃避的。"

"但这是真实的世界。"

"对我来说不是，对数十亿完全真实的人来说也不是。"

我们两天前在立体视频上对这个问题进行过少许讨论。但我想，对我来说，这只是一个更生动、更耗时的虚拟现实游戏版本。在他还是个孩子的时候，这种游戏占据了他的全部时间。这让我很恼火，也让我们的父母大为光火。

"对不起，我像索尔男神一样丧。"他这么说，让我忆起了我们童年时的一位流行歌星。那是个任性的顽童，早已过世。"这几乎是一种自动的反射、意识切换，我的身体想知道为什么它还活着，还在受苦。"

"事情发生时你已经死了？"

"当然，这身体死了。你的意识不可能同时出现在两个躯壳中。"

真令人毛骨悚然。"嗯，我知道这是一个可怕的损失。比你最好的朋友死了还要惨。"

"他们都是我！垂死挣扎着。我想如果我愿意，这第三个我也会死去。"

"想都别想，卡德。你是我唯一的家人了。"

"也是你唯一的本地向导。被需要的感觉真好！"

03

有个本地导游很好,但夜幕降临时,我可能情愿用他换一张地图和一个手电筒,能换一盒厨房用的火柴也不坏。在未来还有这些东西吗?

我们把所有的装备都放在门边,把门打开一条缝,看着光线渐渐消失,万里无云的天空从浅黄色变成粉橙色,再变成逐渐加深的灰色。

当然,看到流星在天空变暗的时候交错出现并不足为奇;自从他者炸掉了月球以后,这种情况就屡见不鲜。极为明亮的流星经常划过白天的天空,以至于没有人再评论它们。但有一个新特点,我们没有注意到,只要还有能源和文明之光,夜晚永远不会完全黑暗。

那是月球残骸的碎片云,由数万亿块鹅卵石和岩石组成,它们都像小卫星一样反射阳光,结果产生了一种朦胧的雾霭,伸手不见五指是不可能的。

获得天体物理学研究生学位的保罗没有预测到这一点,这让他很难堪。

当然,自从四天前我们登陆地球以来,我们还没有见过没有城市灯光照射的夜空。

我们在黑暗掩护下偷偷溜进农场的计划毫无用处。晚上会有很多人走在路上,以避开沙漠白昼的炎热。

雪鸟说出了显而易见的事实。"你们必须离开我。我像灯塔，引来麻烦，而且我拖慢了你们的脚步。"

"我们要对你负责。"纳米尔说。

"你们不见得必须对我负责。不管是在这里还是在其他哪里我都会很快死去，我宁愿不拖累任何朋友跟我一块儿死。

"也许我会一直游下去，直到筋疲力尽，然后沉下去。我将成为地球上最好的火星游泳者，或任何地方最好的火星游泳者。"

"谢谢你的宽容与善解人意，但我们不能抛弃你。"在昏暗中，我看不清其他人的表情，"我们意见一致吗？"

"不。"达斯汀说，"雪鸟，我也欣赏你的逻辑和无私美德。如果我设身处地，我真的认为我会提出同样的建议。谁赞同我的意见？"

有人嘟囔着，有人清了清嗓子，纳米尔的步枪枪托砰的一声落在地板上，打断了这些声音。

"我们不打算抽签决定是否让我们其中的一员死去。"

"在这里只有我们七个人。我们一起在无休止的危险和相当多的不适中旅行了50光年。我们面对的是一个强大而无情的死敌，但我们幸存了下来。我们分别观察了三次宇宙剧变。不管发生什么事，我们都要一起面对。"

"雪鸟，考虑拓展一下你的逻辑和宽容。如果某个白痴因为你是火星人而杀了你，你就会和淹死一样。与此同时，你可能是这群乌合之众中最有价值的人。"

"你是我们的万能牌。"保罗说，"我想你是这个半球上唯一的火星人。你比任何人类都更了解他者，而他们仍然是主要的敌人，不管他们在空间和时间上离我们有多远。"

艾尔莎在黑暗中站起身来,"我现在担心敌人像你们今天对付的那些混蛋那样。那我们现在该怎么办?我的意思是今晚我们干什么。如果黑暗对我们无益,也许我们应该在这里待到早上,然后再出发,那时就没有人可以偷袭我们了。"

"没错。"纳米尔说,"再休息六个或者八个小时对我们也没什么坏处。"

艾尔莎说:"留两个人站岗放哨,其他人去睡觉吧。"

"在屋顶上安排一个岗,带上望远镜。"保罗说,"应该让我来。我可以看星座来计时,安排两小时轮班一次。"

"告诉我们怎么做如何?"纳米尔说。

当保罗打开门往外看时,我看到了他的剪影。"当然可以。天够黑了。"透过天空的光辉,更亮的星星清晰可见。

我们鱼贯而出,包括雪鸟在内——你永远不知道什么时候看星座可能会派上用场,因为一个注定要死的火星人被困在了莫哈韦沙漠。

如果你知道日期和一些星座,就有可能计算出接近实际的当地时间。但是我们都不用赴约,勿需计算日期,所以他只是给我们展示了两种方法来估计两个小时的时长。简单的方法对雪鸟没用,因为尽管她的夜视能力最佳,但她没法握拳。实际上,她的眼睛太多了。

我排在第一班,跟保罗一起待在屋顶上。纳米尔也在外面,藏在一辆卡车后面,他说他还没有累到要睡觉的地步。

他向我们展示了如何使用步枪和手枪射击,并且让我们练习安装和拆卸枪支零件以及打开和关闭枪械保险开关,直到我们闭着眼睛也能完成整个流程才结束训练。

这并没有让我对用枪太自信。步枪沉重、冰冷、油腻,还有一股硝烟味。那个男人的血和脑浆溅到我的皮肤上，尽管已经拭去，仍然感觉痒痒的，像有什么东西在爬。

我又吐了两次，主要是些酸水。我饿了，但不愿意因为呕吐而浪费食物。所以我试图强迫自己平复心绪，但突然的爆炸和飞溅的鲜血一直萦绕脑中，挥之不去。

纳米尔之前曾问过我，因为有这段痛苦的经历就不要站岗放哨了。我回绝了他的好意，站岗放哨会让我产生好像能保护自己的感觉，那种感觉会对我有所帮助。也许会吧，不过到目前为止还没什么效用。

我在前门旁边，待在一堆从墙上捡来的沙袋后面。我可以蹲在沙袋后面，把枪架在沙袋顶上射击，或者趴下——"采取俯卧姿势"，这听起来像色情导演的命令，或者我可以蜷缩成一团流泪哭泣。

天空中有个洞，看起来很有趣。实际上，在保罗有机会给我上天文课之前，我自己就弄明白了：那是地球的阴影，挡住了月球碎片反射的阳光。有点像月球的反面，比月球大一点，在天空中移动得更快。

持续不断的流星雨似乎降低了速度，或许我只是开始习惯了它的存在。

我身后传来一阵轻轻的沙沙声，我吓了一跳，但那只是雪鸟走到了我的身后。

"我想也许你现在有胃口吃点东西了。"她说话的同时，递出某样东西碰了碰我的胳膊。

"谢谢。"那是某种棒棒糖。我打开包装，里面的奶油巧克力和难以辨认的坚果来得正是时候，我很感激。"你还好吗？"

"我的状态既复杂又简单。人世风灯，向死而生。"

"在火星上，我想情况会大为不同。"我对她们的死亡习俗略知

飞向地球

一二,"你能跟你的家人待在一起。"

她在黑暗中蹒跚而行。"新闻称之为心灵感应,但其实没什么奇怪的,更像数据传输。我们不太了解它的工作原理,但结果很清楚。垂死个体独有的经历被转移到家族记忆中,就像在人类家庭的剪贴簿上添加东西,只不过我们的记忆转移都是在大脑中进行的。"

"你会有很多这样的经历,独特的经历。"

她发出两次咔嗒声表示同意。"不过,我认为如果没有身体接触的话,所有记忆都不会转移。"

"那你就更有理由不要放弃了。"

一阵长时间的沉默。"你真的认为他者会重新向我们提供电力吗?"

"谁也说不准。我认为不太可能。你觉得呢?"

"我的直觉告诉我不会。他们并不友善。"这种说法太轻描淡写了。"但很难预测他们的逻辑会让他们做出什么样的决定。"

他者使用超导神经回路思考,思考速度非常快,但他们在液氮中滑行,活动和移动的速度像冰川一样缓慢。他们与像我们这样的物种打交道是提前几年计划好的,甚至是提前几百年或几千年计划好的。他们制造的生物机器,以我们的速度或更快的速度感知和反应,观察我们并决定遵循哪种逻辑跟我们打交道。关闭自由电源的决定宣告了10亿或更多人类的死亡,但就我们所知,这只是出于冷酷无情的逻辑,是数万年前就开始的一系列事件。如果人类这样做,那么他者就会这样做,出于自卫。

许多类地行星上的种族都被这样评估过。

他者说很多种族并没有被摧毁。

正如我们没完全被摧毁那样,只不过是目前还没有罢了。

"他者对你们还不错，我是说对火星人。"

"是的，但我们跟他者并不存在竞争关系。一想到我们对他们现在没太大用处了，我就感到不安。我们被创造出来是有目的的，而现在我们已经实现了这个目的。"

他者创造了火星人这种生物机器，并把他们安置在火星上一个类似地球环境的泡泡里，一旦令人不愉快的地球居民进化到具备太空飞行能力的时候，火星人就会为他者提供预警信号，这说明他者的逻辑方法缓慢而又曲折。当我们最终成熟到可以离开地球时，我们的首要目标之一将是火星。当我们发现火星的地下城市时，就会向海王星的卫星海卫一发出信号，在那里海卫一个体正在寒冷的氮雪泥中休憩。它将评估局势，并在各种预先制定的行动方案中进行抉择。

海卫一个体选择了这样一个方案：人类和火星人必须共同努力，拆除一颗会摧毁地球上所有高等生命的炸弹。然后，它回到了大约25光年之外的母星进行汇报。

当海卫一个体带着它所作所为的消息和所了解到的信息回归母星的时候，海卫一个体假设他者已经准备好了，正在翘首以盼。

一个最好的行动方案被选定，适用于此方案的工具被送回了25光年外的地球。

然而，在其间的五十年里，地球已经建立了星际防御舰队，这显然是意料中的事。

那一千艘防御性的太空飞船对他者并没有真正的威胁，他们的母星比舰队所能到达的距离远一百万倍。但是，正如许多人所担心的那样，这些防御飞船代表了一种危险的态度，他者对此制订了行动计划。

不管出于什么原因，他者并没有把我们全部摧毁，只是粉碎了月球，

飞向地球

让月球碎片或多或少均匀地散布在这颗地球前卫星的轨道上。这摧毁了星际防御舰队,并向地球人发出了一个明确的信息:留在地球上。我们光荣的领导人选择忽视或者蔑视这一点,这引发了另一个预先设定的反应,不仅夺走了他们的免费能源的礼物,而且以某种方式夺走了所有的电力。在 21 世纪,我们突然被困住了,被毫无用处的精密硬件包围其中,就像手电筒一样。

"有人来了。"雪鸟低声说。我什么也没看见。

"站住不要动!"保罗从屋顶上喊道,"举起手来。"双筒望远镜可以帮助他看清东西。

"我没带武器。"一个声音惊恐地说道。听声音是个年轻女人或者小男孩。

"我看到她了。"纳米尔说,"卡门,她就在你正前方,大约三十英尺①远。请放下武器给她搜身,我掩护你。"

我想这有很多好处。"如果有什么不妥,你可以朝我们大致的方向开枪射击。"

"我在这儿。"她说,"在这儿,在这儿,在这儿。我并不想伤害任何人。"大约走到一半路的时候,我能清楚地看见她了。在天空昏暗的光线下,身着黑衣的她看上去像个黑色的幽灵。她的双手举过头顶,宛如白色背景上的污点。

"请原谅。"我傻乎乎地说,同时像 50 多年前的警匪片里演的那样对她搜身。她和我体形差不多,但肌肉发达。如果她身上带有武器,武器会被卡在我不愿碰的地方。

---

① 1 英尺 = 0.3048 米。

她的衣服手感光滑，像绸缎一样。这是一种异常强烈的性爱体验，爱抚一个我从未见过的人。也许通过适当的学习，我可以成为一名女同性恋者。

"好吧。你是谁？你在这里做什么？你从上到下穿着一身黑衣服。"除手掌以外，她的肤色显然很黑。

"我是阿尔芭·拉瑞莫。阿姆斯特朗太空部队基地的安全官员。我是来警告你们的——有些人打算伏击你们并带走火星人。"

"他们打算怎么处置她？"纳米尔问道。

他还躲在卡车后面。

"他们认为他者肯定在监视我们，就是在立体视频上出现的那个人。"那个人据我们所知是间谍。"他们认为，如果他们威胁要杀了火星人，他者就会现身，达成协议。"

"从很多层面而言，这都是愚蠢之举。"纳米尔说，"但谢谢你告知我们。我叫纳米尔。你知道他们会在哪里进行伏击吗？"

"就在这儿到17号州际公路岔道之间的某个地方。可能是栋大楼。不幸的是，那儿有几十栋大楼，不知道具体是哪栋。如果你们有枪的话，你们最好待在这里，以此为防守阵地以逸待劳。"

她说的是纳米尔的语言。

"嗯。他们有多少人？"

"我只听到两个人在说话。外面可能还有更多人。"

"你在这件事上有什么利害关系？"

"这是我的工作。"她说道，声音颤抖。"没人解除我的责任。"

我几乎可以看到他在点头，评估她的表现。"安全官员，你有武器和弹药吗？"

"有突击步枪、猎枪和防暴装备,但它们在我的车后备箱里,用电子锁锁着。"

"我们有个电子撬棍。"保罗在屋顶上说。

"有多远?"

"离这儿不到半英里,我那时在看火箭发射。"

"你意下如何?"保罗问道。

我不知道该说什么,然后纳米尔回答道:"我跟她一起去。阿尔芭,你能摸黑找到你的车吗?"

"我能,它是辆白色的车。不过,它停放在路边。"

"那我们赶快行动吧。我去拿撬棍。"

保罗主动提出作为后备人员,但纳米尔拒绝了。就这样,他勿需解释。如果她真是个坏人,我们只用一个人和一件武器去冒险。她还不知道我们的人手和武器都少得可怜。

"有中央安全大楼吗?"我问,"就是他们放所有的枪支弹药的地方?"

"我先走过去的。真是一团糟,至少有三名警察在里面丧生。我是从厨房进去的,没人看见我。就在那时,我无意中听到了绑架火星人的阴谋。"

"所以他们全副武装。"

"我不这么认为。断电后,军械库就自动关闭。我认为,不用重型激光器或割锯破门而入的话,你是进不去的。"

"锁是机械锁。"保罗说,"我想知道是否可以用机械的方法打开它……可能不行。设计之初不会有人想到会永远断电。"

"你真的觉得会永远断电吗?我没看到立体视频的播送。"

"我不记得确切的措辞了。"我说,"不过听起来差不多是不可更改的结果。"

"他者说地球将成为一个'供体星球'。"保罗说,"因此,其他世界将以牺牲我们自身发电潜力为代价获得自由电源。反正我是这么理解的。"

"你是科学家吗?"

"不是。以前是太空飞行员,目前失业中。"

我能感觉到她在微笑。"现在,我们大家都算是吧。"

我听到屋里传出响亮的当啷一声和含含糊糊的咒骂声。纳米尔在找撬棍的时候把它给碰倒了。

他走出门来,肩上扛着步枪,右手握着撬棍,就像手持武器。

"卡门,你到墙边去。打开枪上的保险开关。如果我们开了枪,就朝我们这边的高处射击。我们会尽快跑回来。"

"我们可能会安然无恙。"阿尔芭说,"我没有看到或听到附近有人。"她笑了,"不过当我走进来的时候,我没看见也没听见你的存在,纳米尔。"

"很好,我一直在努力保持隐形。我们走吧。"

我跟着他们一直走到入口处,然后靠着沙袋坐了下来。沙袋闻起来像海滩、塑料和热沙子的混合体。

那个像月球背面的黑洞正在接近一颗明亮的恒星或行星。我看着它,试图想如何用它作为计时器,思考保罗给我们上的如何使用北斗七星的课程。每小时15度,但这个洞有多大?我举起我的拳头,我猜它可能有2度宽,但它的边缘很模糊。所以它会在8分钟内走120度?似乎没有那么快。

阿尔芭立刻消失在黑暗中，但纳米尔的身影仍依稀可见。然后1分钟后，他也隐入了黑暗中。

我侧耳倾听，听到一声巨响就跳了起来。幸好我没扣扳机，原来是纳米尔用撬棍去撬汽车后备箱。接着是砰的一声巨响，远处隐约传来金属物体撞击金属的声音。然后是几声沉闷的砰砰声，我想那是纳米尔试图打破一扇牢固的窗户。

这将是一个危险的时刻，人们会被噪声吸引并跟着声音走。

声音停了，我焦急地观察和倾听了几分钟。

然后有什么东西在我前面的路上移动。"纳米尔？"我低声问道。

"是我。"

"还有阿尔芭。"直到他们从我正前方走过，我才看见她。黑色的肤色让她更好地融进黑暗中。

"保罗。"纳米尔停了下来，对屋顶的方向说道，"已经两个小时了吗？"

"差不多吧。"

"我会叫艾尔莎上来接替你站岗。"他伸出手，碰了碰我的胳膊。"你现在可以休息了，卡门。把你的步枪给达斯汀，把他送回去。我会训练阿尔芭让她跟上进度的。"

我感到一阵莫名其妙的妒忌。黑寡妇在黑夜中现身，声称要保护我们。但我真的需要睡一会儿。

04

我被暗淡的光线和轻声的谈话惊醒。我僵硬地站了起来，身下是一堆洗过的制服，我把它们拿来当了被褥。我搓搓脸，用手指梳理着头发，意识到自己多想要把牙刷。要是有把牙刷，杀人我都干。我在后面找到了水槽，用水冲了冲嘴并且洗了脸，然后走向声音传来的方向。

阿尔芭正在和保罗说话。希望她不是个大美人。

但她当然不是个丑八怪。她五官端正，眼神睿智。保罗还没来得及幻想，我就已经对这个漂亮的身体上下其手过了。

"你一定是卡门。"

"我不知道，现在还早。"我握住她的手。在我见到阿尔芭之前，我曾觉得自己很能干。"这是你车上的东西吗？"

"还有你的手枪，是的。真希望我们有更多的弹药。至少所有的步枪都使用同一种子弹。"两支手枪和一支崭新的步枪——我们的那两支一定还在站岗的人手里——还有一把样子凶神恶煞的武器，我猜是"防暴枪"。我小心翼翼地把它捡起来。

"口径 10 毫米，"她说，"噪声很大，但我们只有一盒子弹。在凯马特①买不到。"

---

① 凯马特，美国国内最大的打折零售商和全球最大的批发商之一。

"肯定像骡子炝蹶子一样有力。"

"不，这是无后坐力武器，子弹就像小火箭。除了我没人能用这把枪，因为只能用我的指纹解开安全锁。"

"下一步他们想怎么做？"

"我想邀请阿尔芭加入我们。"保罗说，"她不仅带来了武器，还有专长，又熟知当地情况。"

我们对视了一下，达成了共识。在保罗看来，她不是危险人物，至少现在还不是。"还有个背包。"我说着，低头看了看装备。"催泪弹，两个水壶。这些是什么？"有四个球状物体，看起来就像绿色的橡皮球，我小心翼翼地碰了碰其中的一个。

"闪光弹。你可以在不伤害敌人的情况下暂时使他们失明或失聪。"她指着一个说道，"你点击红点两次，然后扔出去，它一着地就会爆炸。"

"敌人会带耳塞和墨镜来吗？"

她笑了。"那些东西早就不用了。我们必须随机应变。"

里面有四箱步枪子弹，比装防暴枪的箱子还小。我找不到手枪。"我们还没有完全做好战争的准备，是吗？"

"在很多方面都没做好准备，没有。"她瞥了保罗一眼，"保罗已经告诉我，你们俩昨天经历了什么事。我从来没有经历过这样的事情。我的意思是，我受过训练以防万一，并且想清楚了；但是我从来没有开枪打过任何人，也没有被人开枪打过。"

"这种预期会让你烦恼吗？"

"它让我恶心。10% 是兴奋，90% 是恶心。"

"我们的专家来了。"保罗说。纳米尔光着膀子进来了，用毛巾擦着脸。他的肌肉不像在星际飞船上那么发达，足足一周没有真正锻炼过了。

"每场战争都有个故事被改头换面后重新流传。"他说,"至少可以追溯到19世纪……有人问狙击手瞄准和扣动扳机,被瞄准的对象倒地死去时的感觉,他说'报应'"。

"我还是个孩子的时候就这么做了,那时我十八九岁吧。我们有智能子弹,你用操纵杆让它们对准目标。当你射中目标的时候,会有一种喜悦感席卷全身。你会拍手,会竖起大拇指——这是一个团队的努力,你杀死的那个人就像在袖珍电子游戏机上黑白条纹的图像。

"但我也做过相反的极端。在欣嫩子谷惨案发生之后,我赤手空拳地杀了一个人。我想掐死他,但他拼命反抗。

"最后我把他的头往混凝土地板上撞,直到……直到他死了。那时我感到一种不同的快乐,很强烈。但我也感到恐惧,就像我再也洗不干净手一样。"

"欣嫩子谷惨案。"她平静地说,"我们研究过它。"

"那些混蛋杀了我妈妈,还杀了几乎所有和我一起工作的人,在摩萨德,特拉维夫,大概是70年前?"

"71年前。"她说道。真是个好学生!

"而且你也中弹了。"我说。

他点了点头。"在纽约市。我走下滑道,一个女人正在等我。她开了一枪,正中我的胸部。"

"杀了你?"

"是的,但我几分钟后就回过气了。如果是职业杀手,准会瞄准我的头上开枪。"

"她和你一样是个间谍吗?"

"我们认为她只是受雇于人。我的保镖确实朝她的头部开了枪——冲胸部开两枪,冲头部开一枪,就像我们被教导的那样。所以我们无法得到她的口供,知道她是谁,为谁工作。我的保镖为此被降职了。真不公平!"

他拿起新的步枪,像他给我们展示的那样取下弹匣和枪栓,并仔细地检查了枪栓。"我还以为我扛枪征战的生涯早就已经结束了。"他从弹匣里抽出两发子弹,又把它们放回原位,然后用拇指测试了一下弹簧,又把最上面的那颗子弹取了出来,放在桌上。"少一发子弹总比少吃果酱好。春日已逝。"

他抬起头来,"你叫阿尔芭?"

"没错。"

"在盖尔语中的意思是'苏格兰'?"

"不,它在西班牙语中的意思是'黎明'。"

"你父亲……"

"哈佛精英,只提供了五毫升的解冻精子。我从未见过这个人。"

他点点头,望着远处。"那感觉一定很奇怪。当你母亲怀着你的时候,你父亲可能已经长辞人间。"

"我自己也想过这件事,我从来没有足够的好奇心去查找我的父亲是什么人。"

"可以理解。"他环顾四周,"在这次旅行中,我们都失去了父母吗?"

相对论让50年变得无影无踪了。"梅丽尔和她父母通过话。"我说,"和父母亲都通过话。不知道停电后他们能否幸存。"

他看着手中的弹药筒,"这不是智能子弹。是曳光弹吗?"

"平均每4发就有一发为曳光弹。"

"真让人喜忧参半。"我猜是因为曳光弹的弹迹会指向发射曳光弹的位置。

"我们是留在这里还是离开?"我问道。

"他们知道我们在这里吗?"纳米尔问阿尔芭。

"知道你们在车辆调配场,是的。"

"我认为我们应该守株待兔。他们今天或明天就会失去耐心。他们有多少人?"

"就我所知有三个。我在总部偷听到三个人交谈此事。"

纳米尔站着伸了个懒腰,"如果我是他们,我会找到狙击手的位置,每个人的位置,然后等待。一次干掉一个。谁在屋顶上?"

"达斯汀。"保罗说。

"我上去看看,让他牢记低头。屋顶显然是狙击手的首要目标。"他看了看手腕,才想起没有手表。他做了个鬼脸,然后朝楼梯走去。

"他很难相处吗?"纳米尔走后,阿尔芭问道。

"不。他很体贴而且很冷静。"

"他很克制。"保罗说,"他经历的一切足以令人发疯。他说杀掉的那个人不是他杀的唯一一个人。"他使劲摇摇头,"上帝啊。现在我也是了,一个杀手。"

"你当时不得不开枪,保罗。"

"他也是迫不得已,他也是。"

"不过他很稳重。"阿尔芭说,"似乎和我遇见的其他人一样可靠。"

保罗笑了,这是他们在新闻采访中经常说的话。谁能想到一个稳重的人会杀死他的母亲并吃掉她呢?但他的确稳重。我们在拥挤的星际飞船上一起生活了很多年，我从没见过他发脾气。

"这是不自然的。"我不得不指出这一点，"我们其他人都会偶尔失控。"

"就像月亮男孩，偶尔失控到人身攻击和殴打他人。"

"我在立体视频关于你的节目上听说过他。他疯了，他者杀了他吗？"

"不完全是。"我说，"他者带走了他，但他没死，如果他者的话具有可信度的话。"

"也不算活着。处于一种假死状态吧，他永远不会离开人世，非常接近死亡。"

我很久没想到过他了。"不管他是死是活，或者介于生死之间，他是他者所拥有的唯一可以研究的人类。他是我们中唯一一个在压力下崩溃的人。"

"他们当然知道那一点。"保罗说，"我们都很高兴。他真是个讨厌鬼，而且是个疯子。"

"你们在聊我的月亮男孩吗？"梅丽尔说着，一边迈步走进房间，一边梳着头。

"对不起。"我们俩都说道。

"别觉得抱歉。他是个疯子，令人讨厌。问问艾尔莎吧。"当他精神崩溃的时候，他正和艾尔莎在床上。他狠狠地揍了她一拳，把她的鼻子都打断了。梅丽尔当时对月亮男孩的出轨并无讶异之情，但她对他的暴力行为大吃一惊。

"我们都被选中了，因为我们可以和其他人近距离和睦相处。"我说。

"有些事情你就是无法测试。我们现在要搬出去吗？"我们把新计划告知于她，或者说算不上计划的计划。

纳米尔从屋顶下来了，四处检查门窗。他带着雪鸟回来了。"雪鸟，这是阿尔芭。"

她稍稍行了个屈膝礼，就像表演盛装舞步的马。"你是黑人。"

"是的，你闻起来怪怪的。"

"我为分解代谢道歉。我没有食物来新陈代谢。"事实上，她开始有万寿菊的味道了。"自从多年前我离开火星后，我就再没见过黑人。"

"你回到地球后就被困在这里了？"

"在基地这里，是的，被保护性拘留。"

"严重威胁到她的生命。"我说，"甚至在完蛋之前。"

"什么？"

"老式的表达法。我父亲最爱用的一个短语。"

纳米尔问道："没有新的食物，你还能活多久？"

"我不知道。我以前从来没挨过饿。"

阿尔芭问道："你不能吃人类的食物吗？"

"不。我可以吃纯碳水化合物，却无法从中获得任何营养。哪怕是一点点的蛋白质污染也会让我死去。"

"在这个基地他们没在哪儿给你存点食物吗？"我说。

"有几天的量，我已经吃了。从俄罗斯会运来更多的食物。事实上，如果没有停电，我现在可能已经和其他火星人一起待在俄罗斯了，或者至少明天——"

突然传来一声枪响。纳米尔从桌子上抓起步枪，重重地砸在地板上。"离窗户远点！"雪鸟飞奔进了隔壁房间。我一屁股坐在了桌子后面。

他们看不见屋里的情况，我漫不经心地想着。他们可以朝屋里开枪。

艾尔莎摇摇晃晃地走进房间，揉着睡意蒙眬的眼睛。"什么——"

保罗抓住她，纳米尔喊道："趴下，艾尔莎！压低身体！"她照做了，急忙猫腰冲过去拿了一支手枪。

屋顶上传来一声还击的巨响。

"达斯汀是个神枪手。"纳米尔说道。一分钟后，他悄悄爬上楼梯，打开通往屋顶的门。"打中了吗？"

在我们的位置，听不清达斯汀的回答。纳米尔从楼梯上下来回到原位，仍然猫着腰。"目标没有移动。"他转述道，"要么死了，要么受伤了，要么在装死。我猜达斯汀不想再打一枪去看看对方到底死了没有。"

"连打两枪可能是个不错的策略。"保罗说，"这样让我们显得弹药充足。"

"可能吧。但我认为，这么做的最佳时机现在已经过去了。我最好出去看看。"

"我去吧。"阿尔芭说。她有防暴枪。"除非他们进来，否则不要用这个。"

"很好。拿上另一支手枪，卡门。"我依言行事。这是保罗之前用过的那支手枪，把它留在家里。我按下保险开关，打开，再关闭。当保险关闭的时候，就会露出一个红点。露出红点就等于可以开火，很简单。

传来断断续续的自动武器开火的射击声，持续时间很长，有几发子弹打破了窗户玻璃。显然只有七发子弹击中了窗户：玻璃上有七个小洞让阳光照射进室内。但玻璃并没有碎。

"开枪的人就在附近。"纳米尔声音嘶哑地低声道。

"如果达斯汀看不见他,他可能就在沙袋后面。卡门,就在你昨晚站岗的地方。"

我想咽口水,但喉头哽噎。大部分子弹都击中了我身后的墙,如果之前我一直站着,我就会被击中。

"趴下。"他亡羊补牢地说,"他可能会试图开枪——"又是一声轰然巨响,持续的时间更长。那扇大大的玻璃落地窗被炸出了一个两英尺多宽的洞,到处都是玻璃碎片。

纳米尔迅速站了起来,从洞里向外瞄准。他像照片一样一动不动地伫立了两秒钟,然后开了一枪,枪声就像铜锣一样在封闭的房间里轰然回响。

"打中了。"他大步走到前门,拔掉门闩,把门打开了几英寸。他通过狭窄的门缝瞄准,又开了一枪。

"好了。保罗,过来看看。这不是昨天的那个人吗?"

我走过去看了看。看起来像那个杰米,穿着美国国家航空航天局的工作服,但他脸朝下倒在人行道上,鲜血和脑浆呈扇形从他的后脑勺里喷了出来,那是纳米尔第二枪的成果。我咽下了翻涌上来的胆汁。

他手里还握着他的武器,那是一支手枪,比我的手枪大不了多少,但带了一个大弹药筒。

"是的。"保罗说,"也许还有一个人?"

"我想到屋顶上向四周张望一下。你负责这里的一切事宜,好吗?"

"当然。"他听起来不那么肯定。

第三个人在哪里?他或她会独自继续这个计划吗?若是我在那种情况下,其他人都被干掉了,我现在就会躲起来。然后在太阳落山后偷偷溜走。

保罗对我说了些什么。"什么?"

"在我跑出去拿那家伙的枪时,我要你掩护我。他腰带上还有两个弹匣。"

"掩护你?你是说如果有人向你开枪,就还击吗?"

"是的。用火力压制,让他们抬不起头来。"

"我这把枪里只有五颗子弹。"

"来,我们换换枪。"他把步枪放在我面前的服务台上,拿走了我的,不,是我们的手枪。

我拿起步枪时,他就冲出了门外。我还没来得及弄清楚步枪的保险装置怎么开关,他就拿着枪和两个弹匣冲了进来,砰的一声一脚把门踢关上了。

"趴下!"我已经蹲下了,但我扑通一声摔倒了,步枪在我身下当啷作响,接着是一声震耳欲聋的爆炸声。

他的脸离我的脸大约有两英尺远,我们彼此对视,眼球充血。"手榴弹,是手榴弹。"

纳米尔咔嗒咔嗒地走下楼梯。"那他妈的是什么?"

"他手上捏了一枚手榴弹。我出去拿他的武器,我猜他的手松开了。那个东西,叫什么来着,弹了出来——"

"保险杆。"

"——幸好我及时冲了回来。"

"上帝啊!这就是为什么他在窗户上打了个洞出来。他想从洞口把手榴弹扔进来。"

"我想知道他们是否还有更多手榴弹。"保罗说。

"我想知道他们为什么会有一个手榴弹!"阿尔芭拿着猎枪爬了上来,"这不完全是为了控制人群。"

"纳米尔!"门上传来达斯汀的声音,"那家伙正在逃跑。"

"有武器吗?"

"没有明显迹象。"

他一步跨两级地大步上楼。我听见他们在低声交谈,然后是一声枪响。

纳米尔回来了。"子弹从他头顶飞过。就是让他晓得我们看见他了。"

"不知道是不是所有人都这样。"阿尔芭说着,站了起来。

"也许这栋楼里有一个。"一个声音从阴影里传来。我弟弟卡德走上前来。他拿着一支信号枪,瞄准阿尔芭。

"看在上帝的份上,卡德。"保罗说,"别在屋里开枪。"

阿尔芭把猎枪放在地板上,举起双手。"让他说说吧。"

"你带着正好是我们需要的东西——枪支、弹药、信息——从黑暗中走了出来。你既漂亮又聪明,身穿制服,令人信服又很实用。任何玩过游戏的人都知道这条规则:如果它好到让人难以置信的地步,那么它可能就不是真的。"

"我有身份证。"

"我相信你有身份证。"

"这是美国国家航空航天局的身份证,上面有我的基因位点。"

"没有电子设备检测的情况下,这东西狗屎不如。"

"卡德,"我说,"你太多疑了。"

"我们都应该多长个心眼。"他说,"阿尔芭,即使你确实为美国国家航空航天局工作,或者曾经是它的工作人员,我们现在怎么知道你和他们不是一丘之貉呢?"

雪鸟来到他身后。"我可以这么说。"她说,"只是凭观察判断。"

"你观察到了什么?"卡德问道。

"今天早上,当天刚亮的时候,阿尔芭本可以拿起防暴枪,杀死除楼上警卫以外的所有人。然后也许等楼上警卫一开门就杀了他。她的同伙就在附近——我们知道他们就在附近——然后他们三个就会绑架我,继续他们的计划。"

"这一开始就是个愚蠢的想法。"阿尔芭说,"如果像你说的那样,我很聪明,那么我为什么要和那些白痴合作?"

"对我来说已经够好了。"纳米尔说,"卡德,你的谨慎值得称赞。但我认为,在这种情况下你谨慎得有些过头了。"

"我赞成你的说法。"保罗说,"昨晚我也有同样的想法,卡德。但是跟她聊了一会儿之后,我对她的怀疑就烟消云散了。此外,如果她真想做点什么,昨晚她有很多机会。但是正如雪鸟所说的那样,今天早上,我们都还活着。"

我看到保罗和纳米尔紧张地彼此对视,我看得很清楚:保罗走得更近了,纳米尔的表情像是在说:"你去做吧,我就在你身后。"

我张嘴想要阻止,但后来发生的事情完全出人意料。

"对不起,阿尔芭。"卡德放下枪,"我太过分了。原谅我好吗?"

"嗯……当然,卡德。"她慢慢地伸手重新拿起了猎枪。

"我已经习惯了把大部分时间花在虚拟世界里。这会让我生活在想象的世界中,而且大部分时间都生活在那里。

"没有了虚拟世界,我想我的想象力有点失控了。"

"这直觉不错。"纳米尔小心翼翼地说,"我们需要用不同的方式思考，需要从各个角度来看待问题。"

"不过我们可能不会互相用枪指着对方。"保罗说。

我简直惊呆了。跟我一起长大的卡德，即使他是伦敦大火和"9·11事件"的罪魁祸首，他也不会道歉的。50年让他变得成熟了。

"好吧，"纳米尔说，"如果我们要在这里多待一段时间，我们就得把前面那个可怜杂种的尸体埋了。不然等到了晚上，他的气味会很难闻。"

不知怎么的，我脖子后面寒毛直竖。"等等，梅丽尔在哪里？"

纳米尔环顾四周，"她不是跟你在一起吗？"

"她一分钟前回厨房去了。"我喊她的名字，喊了两次。

达斯汀小跑着回到厨房。"哦，该死！"他轻声说。

梅丽尔躺在厨房水槽前的地板上，双腿伸直，好像在休息。她胸部中央有块扑克牌大小的红色污渍，背部有一大摊血迹。

水槽上方的窗户上有一个弹孔，鲜血飞溅。

达斯汀跪倒在地，给她做人工呼吸试图让她恢复生机。

我自己也喘不过气来。艾尔莎摇了摇头，说"不"。她挨着达斯汀跪了下来，轻轻抓住他的肩膀。"不行了……她早就不行了。"

达斯汀起初没有反应，但随后把尸体放回地面。他擦去唇上沾到的鲜血，"她去得无声无息。"

那是一颗从客厅窗户射进来的子弹。保罗和我在屋后的一个棚子里找到了两把铲子。那儿有一小块绿草如茵的草坪，后面开着玫瑰花。我们轮流站岗和为她挖坟墓。等我们埋葬她之后，达斯汀说了几句拉丁语作为亡者祈祷文。

我们在浴室里把手和脸洗干净，没用厨房。水龙头里的水仍然很温暖。

我感觉自己的一部分已经死了。虽然我从没像其他五个人那样和梅丽尔那么亲密,但我们曾一起经历过几个不同的世界。

所以我们不是永生的。我们甚至无法刀枪不入。

"让外面的尸体见鬼去吧。"保罗说,"让我们把装备准备好,开始向水果农场前进。"

"这里没有我们需要的东西。"纳米尔说道,然后……"搞什么鬼?"

灯又亮了。

《从后视镜看:当下的历史》,兰尼·德尔·皮切著(尤金,2140):

……当他者在那年4月30日暂时恢复电力时,他者只是在玩一场施虐游戏吗?如果我的猜测和其他人的猜测一样正确,我会说他们只是暂时改变了实验参数。他们不关心我们的生理舒适,他们无视我们的存在状态或心理状态,这在他们眼中甚至连一个变量都算不上。

我的第一个研究领域是动物行为。我们对待实验动物的态度相当文明——任何残忍的迹象,甚至是缺乏同情心的表现,都会导致学生的示威和教师的谴责。

但那种态度只关乎人类的近亲动物。被用作实验的小白鼠不仅给我们提供大体解剖结构,它还有比饥渴更多需要满足的欲望,它喜欢一种口味而不是另一种口味。每只老鼠都有自己的个性,即使它们是在机械的配合下长大的。牺牲它们被看成是必要的杂务,但我记得当我抓住一只小白鼠的尾巴,把它甩下去,让它的头撞到实验室的桌子上时,我是如何咬牙切齿。

其他的小白鼠知道发生了什么吗?我不记得它们有什么反应;如果它们真有什么反应,那会让我心烦意乱。

也许我们对微生物培养的研究会是一个更恰当的类比。一滴营养物质掺入青霉素就会形成一个清晰的圈子,有目的地毁灭数百万微生物。在它们的幸存者被测量和拍照之后,这整个小宇宙会被倒进一个红色的生物废料桶。

当他者跟我们一刀两断时,他们会把我们留在桌子上,决定我们个人和集体的命运吗?

或者他们会更挑剔……

05

我们在大楼里四处走动,打开和关闭电灯开关。突然,我听到一个乐音持续响起。

"那是什么?"

"国际标准音 A 调 440 赫兹。"纳米尔说,"像是音叉的声音。"我们循着声音来到女性休息区,那里有一个小立体视频播放器。

"同一个人。"阿尔芭说。我们称之为密探的那个家伙——不可能是同一个人,我们离他有 25 光年远。这只是一个他者标准的"人型"化身。

他眼睛一眨不眨地向屏幕外望来,望了一分钟左右。然后音叉的声音停止了。他说:"我们决定再给你们提供一个星期的电力,看看会发生什么。"然后屏幕上变成一片空白。

"一个星期。"保罗说,"我们先做什么?"

"让我们看看这些车能不能开。"阿尔芭说,"一辆小型运货汽车,或者一辆小公共汽车。"

我带着我的完全是装饰品的手枪,跟着她来到停车场。卡德也出来了。早晨九点钟左右,天气依然凉爽宜人。

她钻进第一辆车,在仪表盘键盘上输入了密码 N-A-S-A。

"狗屎。"模糊的数字出现在挡风玻璃上——00h 00m。"它们可能都没电了。"

我们又试了两辆车,结果都一样。卡德找到了充电站,并解开了一根电缆,接到一辆小公共汽车上。他把它插在车尾部。

"好啦!"阿尔芭在驾驶座上喊道。她跳了下来。"还有别的电缆吗?"

"还有两根。也许给那辆小型运货汽车充上电?"她看着我,揉了揉下巴。"你知道怎么开车吗?"

"嗯……有阵子没开了。"我早在 2070 年就取得了驾驶执照,但在 2072 年搬到了火星。"六十几年了,我想汽车发生了很大的变化。"

"不过你会开。"她对卡德说。

他耸了耸肩。"我有辆车,但我住在洛杉矶,好多年没碰过方向盘了。"

"你也许马上就会碰了。"她指着一辆看起来很呆板的四四方方的轿车,"不妨把那个也充上电。我们可能想看起来正式一些。"

他去给那辆车充电了。"给它们充电要多长时间?"

"一个小时,也许几个小时。主要取决于范围,以及它们是否与自由电源相连。你可能想坐轿车走最远的路。"

"雪鸟进不了轿车。"

"嗯,那就小型运货汽车。"她又指了指那栋楼。

保罗出现在门口。"卡门。"他喊道,"我们有一个麻烦。"

"只有一个。"阿尔芭说,"还不赖。"

我向他走去。"雪鸟受伤了,另一颗流弹击中了她。"

"伤得厉害吗?"

"谁知道呢?她甚至没把这件事告诉任何人;还是达斯汀看到了

那个子弹打出来的洞,我们才知道。"

我们走回卖零食的地方,火星人正站在角落里。这很正常,她甚至站着睡觉。

"小伤而已,卡门。"她说,"只是一颗小子弹,没有击中任何重要器官。"

"让我看看。"她转过身给我看,她背部上方有个黑点,大概是人类肩膀的位置,有一点粉红色的血沫。

"我能准确地感觉到它的位置。"她说,"它没有造成什么伤害。"

保罗站在我身后。"俄罗斯那个地方有能给火星人看病的医生吗?"

"有蓝色家族的成员。他们有点类似于医生。"

"不管怎样,为了你的食物,我们必须把你带到那儿去。你受了伤,这只会让这件事变得更重要。"

"太远了。"她说。

"不再远了。"他说,"我是个飞行员。我们只要在什么地方挖出一架飞机就行了。"

"那是一种修辞手法吗?"雪鸟说,"他们不会埋掉飞机吧?"

"对……该死,我把手机扔了。你的手机还在吗?"

"我想我能找到它。"我走进隔壁房间,在那里我们换上了美国国家航空航天局的工作服。我的手机就在我扔手机的那个角落里,手机电源灯呈暗红色,几乎看不见。我把手机电源插到墙上的插座上,手机电源灯变成了鲜红色,接着变成了黄色,然后变成了绿色。我把手机带给了保罗。

他打了几个数字,摇了摇头。"我想,一切都还顺利吧。你会说俄语吗?"

"不,不会。"

"我会说,"雪鸟说,"纳米尔也会说。我们有时在星际飞船上用俄语交流。"

我记得纳米尔的父亲来自俄罗斯。他回去参加了某届奥运会,带回来一个俄式三弦琴纪念品,这就是为什么我们的神秘间谍在星际飞船上有这么一个奇怪的仪器。

我从纳米尔手里拿过电话,看着它,试图决定下一步该做什么。突然电话响了,是匿名电话的声音。我按下了接听键,出现了一张年轻女子的脸庞。

"卡门·杜拉?"她说,"你看起来跟你的照片一模一样!"

"嗯……大多数人都是这样。"

"对不起。"她用手捂住眼睛,畏缩地说,"我是温思得·帕克曼,从总统办公室给你打电话,在马里兰州的戴维营。"

"好吧,总统先生想要什么?"

"哦,我不知道,真的。他们叫我打你和保罗·柯林斯的电话,直到你们中有人接听为止,但你马上就接听了。那么让我试试找总统跟你通话好吗?"

"当然好啦,保罗也在这里。"

"请等一等!"她的脸从屏幕中消失了。我们看了一会儿天花板,然后一幅莫奈的百合花慢慢呈现在屏幕上,大提琴演奏的曲调轻轻流淌着。

"我觉得她从事这份工作的时间不长。"我说。

"在没有电的情况下,他们见鬼的怎么能到达戴维营?"保罗说。

"你不可能在一天之内走到那里。"我说。

百合花消失了,一个看上去挺有地位的人出现在屏幕上,当他说出他的名字时我认出了他是谁。"杜拉博士,我是莫里斯·钱伯斯。我们在白宫短暂会过面。"

"这似乎是很久以前的事了。"

"是吗?总统正在召集一个委员会来处理目前的局势,"——他做了个无助的手势——"他希望你能尽快到这里来。"

"华盛顿?"保罗问道,"还是戴维营?"

"华盛顿一片混乱,"他说,"一旦你升空,我们会给你一个代码,好让你在戴维营着陆。"

"好吧。那么我们用什么工具升空呢?我们还在阿姆斯特朗太空部队基地。"

"让我查一下。"他从桌边站起来我们又欣赏了一分钟莫奈的画与大提琴的音乐,然后他又出现在屏幕上。

"半个世纪前,你被评为多引擎飞行器广告最佳人选。现在飞机操作起来更简单了,但是没有全球定位系统。"当然没有了,因为没有卫星。

"如果有地图和指南针,我就能准确定位。即使没有全球定位系统,飞机上还是会有电脑吧?"

他把目光从电话上移开,然后点了点头。"是的,有导航电脑。有一架亚声速的美国国家航空航天局飞机在南航站楼4号跑道等你们,飞机能容纳12名乘客。据说,那是唯一安全的航站楼,所以直接去那里吧。那里的保安要知道你们的车牌号。"

阿尔芭倚在门上。"政府牌照,21D272。"她说,"是一辆蓝色的小公共汽车。"保罗重复了一遍。

"这个委员会将会做什么?"我问,"他们一周后能做什么?"

"关键是'最大限度的生存'。我们估计,昨天之后美国还有大约 3 亿人存活。我们想要……从现在起尽力让更多的人一年后依然活着,学会如何在没有科技的情况下生活。"

"活下来的不会有 3 亿人。"保罗说,"甚至不会有 1 亿人。"

这个官员的脸色丝毫未变。"你明白我们面临的是什么。无论我们做什么,这都将类似于《圣经》上所提及的灭世灾难。我们确实希望最大限度地增加幸存的人数,但我们也想保持美国生活方式的表象。"

保罗点了点头。"那将会很有趣。我会在飞机上给你打电话。"他挂断电话,把它还给了我。"芝士汉堡和白痴电视节目?我想知道当今美国人的生活方式是怎样的。"

"如果他们真的想要尽力让人们最大限度地生存下来,"纳米尔说,"他们的目标是一个完全意在保护的福利国家,同时也是一个集权国家。识别出那些被选择下来的人让他们幸存,而让其余的人自寻死路。还是有其他人道的选择?"

"我们途中有足够的时间来讨论这个问题。我们今天大部分时间都在飞机上。"

"慢速飞机吗?"阿尔芭说。

纳米尔慢慢地点了点头。"我们当然要取道俄罗斯。如果我们先去戴维营,他们绝对不会允许我们带雪鸟去那里的。"

"当然,越过极点就成。"我说道。希望他者不要过早地决定关闭电源。

我们匆忙地把用得上的东西统统装上那辆小公共汽车,决定保留所有的食物和武器。我们可以在去戴维营的路上吃完那些容易腐烂的食物，剩下不易变质的那些食物，下周可能就会派上用场。

　　阿尔芭开车。她认识路，而且在这个世纪，除了卡德，我们其他人都没开过车。离开那个地方时，我们看到了一幕我从未想到自己会亲身目睹的惨状，三只秃鹰在人行道上分食尸体。保罗看到这一幕，瑟缩了一下，但什么也没说。

　　机场门口的警卫当然认识阿尔芭，并挥手让我们通过。周围停放着几十架飞机，但她沿着跑道上画的一条线一直开，这条线通向4号跑道，在那里一名女子正站在一架小型客机旁。

　　很快就出现了一个问题：要爬上一段狭窄的楼梯进入飞机，这段楼梯通向一扇狭窄的门——这扇门对火星人来说不够宽。幸运的是，行李舱是加压的，行李舱有几米宽，通往它的坡道是传送带。她蜷起身子，发出火星人特有的响亮笑声。

　　在雪鸟登机的时候，保罗正在和那个女人交谈。她是一名飞行员，也有过飞行经验，但她从来没有驾驶过这么大的飞机，也从未在没有全球定位系统的情况下飞行过。在现实生活中，保罗也没这么干过，但在太空部队的训练中，他驾驶过从滑翔机到宇宙飞船的所有飞行器。就像他们说的那样，不靠仪器凭感觉驾驶飞机。

　　他们走进驾驶舱，检查了紧急导航系统。该系统可以通过罗盘航向和虚拟现实立体视频显示从地球上任何地方任何高度俯瞰的地面情况，还有可以看穿云层的护目镜。

　　只花了几分钟，我们的给养和武器就装好了。"好吧。"阿尔芭说，"我想我现在要跟你们告别了。"

　　"如果你不想的话就不要。"保罗说着，顺着飞机的过道望去。"对我们来说，这是一个陌生的星球，你和卡德是我们的本地导游。

你了解现代武器,而除你之外,其他人用不了用你的指纹才能打开的防暴枪。"

每个人都嘟哝着或点头表示同意,包括我在内。虽然我不喜欢他知道我在盯着时,刻意不去看她的样子。

嗯,我们总是给彼此自由。但几年以来,我们俩谁也没尝试过这样的自由,更不用说光年了。

飞机开始滑行,当保罗控制飞机左转时,收音机里传来了一些讨论声。出于某种原因,他们以为我们要向东飞行,但我们却动身前往北极。

后来回想起来,我猜想他们有能力也有权力击落我们。我很高兴直到后来我才想到这一点。

在我们到达巡航高度之前,飞行相当颠簸,噪声很大。等到了巡航高度之后机身只有轻微的震动,风和引擎的噪声被大大降低了。

阿尔芭走到过道上,坐在我旁边,主动提出和我分享一包坚果和干果。

"这可能看起来很有趣,"她说,"但我不是很清楚你和保罗到底做了什么。我是说,我从来都不擅长历史。那好像是我出生前 40 年的事了。"

有道理。在我出生前 40 年,就是 2014 年,我对那一年的历史知道些什么?他们已经开始建造太空电梯了吗?我得查一下。

06

"一切都是从太空电梯开始的。我们家——卡德、我和我爸妈——中了火星彩票。火星上有个小殖民地,在那儿的人大部分是单身科学家,他们想要开始接纳家庭。

"所以我们乘太空电梯上了轨道——相当无聊的两个星期——然后登上了一艘老式的宇宙飞船去了火星。那花了大半年的时间,但并不无聊。我开始上大学,通过虚拟现实技术上马里兰大学,而且我邂逅了保罗,我们坠入了爱河。"

"他比你大很多吗?"

"嗯,是的,那时我刚满 19 岁,而他 31 岁。但我们相爱了。"

"我看得出来你们很恩爱。"

她的嘴可真甜。"嗯,我们的爱情给火星管理局带来了无穷无尽的麻烦,简直就是会行走的灾难。妲歌·索林根,她显然不赞成此事,并尽其所能想要棒打鸳鸯。"

"我想,这适得其反。"

"那是肯定的。嗯,正如他们所说,我们在火星上待了一年多。她逮到了我和一群孩子在一个新水箱里游泳,认为我们罪不可赦。

"因为我是年龄最大的孩子,她就对我滔滔不绝地讲了各种各样的屁话,包括不让我到火星地表去。"

"嗯，那没有持续多久。午夜过后，我偷偷溜了出去，打算走几公里路，然后直接回来——卡德之前想出了如何关闭气闸舱上的警报装置。

"但我出了意外。踩穿了一个地壳薄如蛋壳的地方，落到了熔岩管的底部。

"我的脚踝骨折了，生命本应就此结束。没人知道我在哪儿，无线电对讲机也坏了。

这时火星人前来救我。直至今日，当时的情景我仍铭刻于心。

"不管怎样，一个火星人，就是我们叫他'红'的那个火星人。至少对我们来说，他们看起来都差不多，但他们不同的家族穿着不同颜色的衣服。红是唯一穿红色衣服的火星人。"

"我当然知道他的事。"

"每个人都应该知道他。不管怎样，他把我接了回来，带我飞回了他们的地下城市，在那里他们用某种神秘的医学方法治好了我的脚踝。

"我确实想知道为什么这些长相怪异的外星人会生活在火星地表下一个巨大的加压洞穴中，环境类似地球。

"我问红，他说他不知道，当时我怀疑他是否有所隐瞒。他没有隐瞒，这对他们来说也是个谜。"

"他们不知道他们是他者的造物。"阿尔芭说。

"既知道也不知道。他们有个近乎神秘的传统，那就是他者创造了他们，并把他们从难以想象的遥远他方带上了火星。当他们第一次告诉我们这些时，听起来就像个创世神话。但这确实是真的，而且解释了很多东西。"

"比如他们如何过着高科技的生活,却对科学一无所知。"

"对了。你知道火星人的肺囊肿吗?"

"火星人的肺部真菌,知道。"

"这让我们碰了面,火星人和人类。没人相信我的故事,关于这些住在山洞里的火星人——嗯,我老妈几乎相信了——但后来,所有不满20岁的人都出现了肺部感染。我把真菌孢子带回来了。"

"所以红带着解药出现了。"

"本质上而言,是的。人类和火星人开始互相研究彼此。"

"嗯,火星人已经研究我们人类长达一个半世纪了,听我们的无线电广播,看平板电视和立体视频。这些年来,他们已经学会了10到12种人类语言。"

"他们告诉了我们关于他者的事,但我们认为这是虚构的,是一种宗教——你知道,这些万能的生灵在千百万年以前孕育了我们。"

"然后你发现这是真的。"

"没错。"黄色家族,那些只穿黄色衣服的人,专门研究记忆,他们发誓关于他者的记忆是真实的。这样的记忆模糊不清,杂乱无章,因为已经有数万年的历史,但它并非神话。

"然后,在2079年,他者证明了这一点。一个信号触发了黄色家族的奇怪行为。他们开始胡言乱语,但每个人都一遍又一遍说着同样的胡言乱语。原来那是个二进制代码,基本上告诉我们他者是谁,他们体内的化学物质是氮和硅。他们生活在液氮中,而且是在海卫一个体——唯一留在太阳系中他者的使者——的液氮海中。海卫一是海王星的卫星,它在那里生活了27000年。

"等我们破解了密码,并试图与他们交流。我们发现他们说英语。

还会说汉语、德语什么的。"

"那他们就不能通过电话打个招呼吗？"

"不。这就像进行一系列的测试，看看我们能有多复杂。第一个测试是接触火星人，事实上这也是火星人被安置在那里的原因。"

"我明白这一点。这就像个信号，告诉他者我们已经造访了另一个星球。信号唤醒了海卫一个体。但它醒来就知道怎么说中文和其他一切语言吗？"

"我们不这么认为。我们认为它一醒来就从黄色家族汲取了大量的信息。至少火星人是这么说的。最后一个测试是极为较真绝不含糊的。我们在地球轨道上，红发现他实际上是个定时炸弹。几天后他就会爆炸，释放出比太阳还多的能量。我们脚下的海洋会沸腾，大气层会被破坏。我想你知道当时发生了什么事。"

她严肃地点点头。"保罗把红带到月球的另一边，所以当红爆炸时，地球没有受到伤害。"

"没错，如果我们就此打住，也许一切都会好好的。海卫一上的他者把海卫一炸掉了，然后回到位于沃尔夫 25 号的母星，那里离这里有将近 25 光年的距离。"

"但我们必须跟着它。"

"有各种各样的意见。很多人想要建立一支战争舰队，去追捕那些混蛋，这是不可能的，即使有免费能源。"

"它对我来说一直是免费的。"阿尔芭说。我没想到会听她这么说。

"继续吗？"

"嗯，另一个极端是，人们只是想说'可喜的解脱'，并继续生活。我很赞同这个说法。

"我想,在你的父母出生之前,有很多争论最终以妥协告终。"

"我的母亲出生于 2090 年。"

"那是在我们的星际飞船发射两年以后。好吧,聪明的想法是建一艘星际飞船,然后把它送到沃尔夫 25 号去执行和平任务。"

"但后来他们还在轨道上建了一支舰队,据说是为了保护地球。"

"或者至少可以安抚一下那些鹰派人士,"我说,"那些要求进行军事回应的人。但这是蚊子对大象不自量力的战争。"

"我知道很多人觉得这是个坏主意。"阿尔芭说,"学校里几乎所有的老师都这么说。"

"我可以想象。我们和他者中的一个人进行了某种会面,他向我们展示了他们能做什么的证据,好像觉得有必要再做一次演示。你听说他们对自己的母星做了什么吗?"

"是的,我在立体视频上看到了。他们过去,嗯,不是人类,但多少有点像人类。但他们自己进化成了这些生活在冰冻月球上的冰冷怪物。所以他们回来摧毁了自己的母星?"

"他们指出,这是出于自卫。他们向我们展示了母星为攻击他们而建造的舰队的残骸。有点像我们的舰队,但数量上更近乎我们的一千倍。

"所以我们回来了,从本质上而言,他者可以通过我们看到和听到地球上发生的事情。那就是立体视频上的人形化身。"

"所以他们炸毁了月球,不让我们进入太空。不管怎样,我们试过了,所以他们终止了我们的文明。"

她点了点头,若有所思。"他们本可以直接杀了我们。"

"我相信他们仍然能选择这么做。你要记住这一切都是事先计划好的。他者的行动无法超越光速；他们要过将近25年才能真正了解这支舰队，还要过25年才能回来做些什么。所以他们所有的行动——炸毁月球，切断自由电源——很久以前就计划好了。"

"就像饵雷一样，等着我们去引爆它们。"

"没错。谁知道他们有没有另一个行动方案，如果我们行为不端，就等着把我们从地球上轰出去呢？"

"或者，如果我们循规守矩，就让一切都恢复原状。"

我笑了。"他们没法把月球重新组装起来。"

"你不知道。也许他们可以。"

我开始说一些关于增加熵的事情，但是随它去吧。见鬼，也许他们可以找到所有的碎片重建月球，然后把它变成绿色的乳酪[①]。

[①] 原文化用了一句英语谚语"Moon is made of Green Cheese"，这句谚语指某些非常明显的荒唐错误，用来表达恶作剧或者用来表达那些不真实的事情。

07

在新西伯利亚的着陆推迟了一个小时，因为当时他们得等下午的阳光融化跑道上的冰。当我们终于走下飞机时，有一小群人正在等待，有几十个人类和七个火星人。天气不太冷，大约中午时分，湛蓝的天空中出现了明亮的太阳。不管怎样，我们还是匆匆忙忙地进入了室内。

两个穿着蓝色衣服的火星人想赶紧把雪鸟带走，开始处理她的伤势。她让他们等了一会儿，然后一边说再见，一边挨个感谢我们。

"我第一次见到你的时候，"她对我说，"你也受了伤，被困在一个陌生的星球上。我希望我能跟你做得一样好。"她指了指其中一位蓝衣火星人，"我们甚至有同一个医生。"

那个蓝衣火星人冲我点点头，"64年前我治好了你的脚踝。"

"别什么都照他说的做。"我对雪鸟说，"他已经老掉牙了。"她听了我说的话，哈哈大笑，然后离开了。

俄罗斯人不会让我们饿着肚子离开。他们询问我们对世界其他地方有多少了解。纳米尔回答了他们的问题，而他们则用裹着酸奶油和辛辣鱼子酱的薄煎饼款待了我们，我们还喝了冰伏特加。我想这可能是我们最后一顿饭了。等停电后，我们就会被困在某个地方，大概会远离鱼子酱。

我们回到飞机上，保罗试图安抚戴维营。有个信号传了过来，但莫名其妙让人摸不着头脑。我们制定了途经北极上空的航线，在因为化雪而泥泞的跑道上歪歪扭扭地滑行了一会儿，才得以艰难起飞。

当我们往南飞的时候，达斯汀接手了飞机后部的一个小书房，试图查明水果农场发生了什么事，那个位于俄勒冈州的公社是他从小待到大的地方。

如果水果农场能在火星自由电源关闭后幸存下来，那它就还在那里。也许它比大多数地方的状况都更好，因为它拥有完全独立的电力和通信网络。

在地球使用火星自由电源的十多年前（即达斯汀一家离开公社的那一年），农场宣布完全独立，并杜门自绝。他们有低电压的太阳能发电机和两台风力发电机，以及全年都能自给自足的农业环境。

最近的卫星照片显示，在一个约有 100 人的村庄周围，有个整齐的广场，占地约有 80 英亩（约合 30 公顷），高高的栅栏环绕四周。栅栏外面是果园和麦田。

每年春分当天，农场会向公众开放。他们出售有机农产品，并带领游客参观他们的乌托邦式的建筑。日落时分，他们又会关上门与外界隔绝整整一年。只在栅栏外留个摊位，售卖有机农产品。

农场并非完全封闭。只要个人和家庭拥有实用技能，他们就可以加入公社，而且总是有候补名单。达斯汀一家曾在那儿住了 8 年，他日夜盼望着重回故地。如果经过过去一个星期的麻烦后，这个地方还存在的话。

12 个乘客座椅的靠背都被最大限度放倒，成了不太平整的床。我们中有人休息，有人打盹。保罗吃了片安眠药。飞机是自动驾驶的，但如果他者关掉电源，我们就会滑翔并寻找一个平坦的地方降落。

大约 6 个小时后，我们在哈德逊湾上空与总统的手下取得了联系。我没听清他们作何答复，但我猜他们肯定脸色铁青。

他们给我们提供了一架飞机，我们却把它劫持到了俄罗斯。保罗一边嗯嗯啊啊地简短敷衍着他们，一边咧着嘴直笑。

东北部的绿化比我预想的要好多了。虽然都是大城市，郊区也很拥挤，但森林的覆盖率也很高。宽阔的高速公路上几乎没有车通行。偶尔可见连环相撞的车祸现场，数十辆甚至数百辆的汽车被遗弃。

当我们离戴维营只有几百英里时，两架军用喷气式飞机加入了我们的行列，它们飞得很近，我们可以跟驾驶员进行眼神交流。保罗挥了挥手，其中一个驾驶员也挥了挥手，然后那两驾飞机就斜掠而去。

纳米尔指出，一天的行程让我们的燃料供应从 0.97 吨降到了 0.95 吨。如果我们愿意，剩余燃料可供我们环游世界 50 次。

"让我们希望这么做是富有成效的。"我嘴上这么说，但心里并没抱太大希望。总统肯定是那个授权在流星雨风暴中发射火箭的天才，他的所作所为触怒了他者。但要在全国范围内组织行动，应对即将到来的黑暗时代，他可能是最佳人选。

我们平安着陆，保罗遵循指示把飞机滑行到检阅台。许多人穿着西装，在早晨的阳光中眯着眼睛迎接我们，但没有铜管乐队。

当我们以随机顺序走下飞机时，掌声如潮。当掌声停止时，阿尔芭咧开嘴笑了。她到底是谁？

我们坐在折叠椅上，几个士兵拿着盒装午餐走了出来。是常温金枪鱼沙拉三明治，不是鱼子酱，但我已经饥肠辘辘。

我扫视了一下这些权贵显要的脸，没有看到戈尔德总统，有点失望。然后有人向我们介绍了波伊尔总统，那是个 50 多岁、瘦骨嶙峋的男人。

他走近了麦克风。

"他是副总统。"阿尔芭低声说,"戈尔德肯定出事了。"

新总统向我们致欢迎词,并就我们"使命"的重要性发表了长达数分钟的演说。

采取双管齐下的策略解决问题:试图修复电力中断造成的一些损害,同时努力适应 19 世纪的生活方式。一个星期之内这两个目标都不可能实现。但我们必须做点什么。

可以改造的工厂已经开始生产手推车、自行车、手扶犁和运货马车了——可惜马和牛不能批量生产。这个美丽的新世界将在很大程度上依靠人力驱动——依靠那些已经长期脱离了体力劳动的人类。

大量的时间和精力都被用于——也许是白白浪费——尝试在没有现代通信的情况下维持中央政府政通人和。考虑到这个国家的面积和决策与响应之间的时间差,这种尝试显然徒劳无益。你总不能让本·富兰克林关闭他的印刷厂,然后步行或者骑骡子什么的去参加大陆会议。

总统和其他 7 位与他一起出现在检阅台上的人打头,我们跟在他们后面,走上了一条砾石小路,来到一座宽敞的乡村小屋。墙壁是年份久远的原木,屋顶是石板。周围还有其他建筑,看起来也同样古老而又朴素。

"这是主要的集会处。"总统边说边走上通往门廊的木楼梯,"这座小屋的历史可以追溯到将近 200 年前。"二战"中的富兰克林·罗斯福也曾在此议事。"

我想,对于一栋木制建筑来说,它已经算是历史悠久了,但在它令人安心的简单外表下,可能使用了很多技术。

飞向地球

"咱们下楼到规划室去吧。我想先和你们这些太空旅行者谈谈。你们的观点很独特,戈尔德总统在去世前告诉我要对此充分利用。"我们跟着他们走下螺旋楼梯,来到一个房间。这里光线充足、亮亮堂堂,装修采用的是 22 世纪的新巴洛克风格。

房间里摆放着一张厚重华丽的圆桌,由某种稀有的木材制成。里面大约有二十张坐垫又厚又软的转椅,上面配有二十种不同颜色的佩斯利旋涡图案的装饰。我猜这些装饰是最近加上去的。

我们 5 个"太空旅行者"和两个跟班,面对着 7 个大概是政客的人。

墨卡托[①]世界地图的背光投影占据了整整一面墙,令人印象深刻。我们坐下时,纳米尔用手朝地图投影比画了一下。"请将最新情况告知我们……下周,整幅地图将只会引起学术界的兴趣。我们怎样做才能让人们适应小规模的思考和行动?地方政府和行业?"

"现在我们仍在应对由暴动和大规模抢劫引发的恐慌。"说话的是达利·斯彭德尔,他曾是戈尔德总统的新闻发言人。"这需要当地的回应,但这是军队和警察的工作。"

"国民警卫队?"保罗说。其他一些人表情困惑。

"现在已经没有国民警卫队了。"巴拉德将军说,"它似乎过时了,在我入伍之前就转为了正规军。"

"总而言之,地方主义正在衰落。"一个蓄了一把白胡子的男人自称是哈佛大学的校长,名叫朱利安·雷姆尼克。"几个世纪以来都是这样。"

---

① 此处为 Lam Dong,原指越南林同省,此处指的应该是亚民联治下的殖民地。

"对从诺姆到基韦斯特,从伦敦到北京的所有人,他者都代表着同样的危险。地方主义的衰落像他一样可怕,是人类的共同敌人。比起已经持续了数千年的理想主义,这样的危险更有效地统一了世界。"他显然是在引用自己的话。"现在,这也有不好的一面。"

"人们自然会期待自上而下的回应。"斯彭德尔说。他说,"这个问题,将由美国政府介入来解决。但正如纳米尔所说,这种情况将在周三结束。"

"或者更早。"我说,"在任何事情上都没有理由相信他者的话。"

"对此我们无能为力。"总统怒喝道。我想,可以尽量灵活一些,但这可能不是他的强项。

"我们已经开始取得了一些进展。"一个身材高挑、相貌平平的女人说,"我是马里兰州州长洛蕾娜·蒙乃尔。或者说,前任州长。但就像你所说的,像一个州这么大的单位可能没有什么意义。"

"我的本地化委员会已经与两个主要政党的地区领导人以及代表大量选民的另外两个团体取得了联系。通过他们,我们与成千上万的社区领袖取得了联系,并将他们聚集在一个信息网络中——在断电后毫无用处。但与此同时,他们正在与步行距离内的人交谈,拥有相同区域资源和问题的领导人。"

"在怀俄明州,"一个身形瘦削、晒得黝黑的家伙慢吞吞地说道,"靠步行是走不到别人的地盘上去的,除了在城市里,但他们很容易迷路。"

"到本周末,怀俄明州就没什么幸存者了。"总统说,"除了隐士没人能活。你还要回去吗?"

那人回头看着他。"那里跟别处一样,是个离开人世的好地方。"

"让我们言归正传。"马里兰州州长说,"我们的这个网络已经运行了五天。我们怎样才能最好地利用它呢？"

"把它变成一个细胞系统。"哈佛校长说，"通过洛蕾娜的委员会，让每个社区与邻近社区建立通信线路。让他们群策群力，想出方法，不用高科技就能与他们的近邻保持联系。"

"烟雾信号。"怀俄明州的男子说。

"也许可行。烽火。不管怎么说，古希腊人就是这么做的。"

"马和骑手？"我说，"现在会骑马的人够多吗？"

"就算他们能找到会骑马的人也没用。"一个矮个黑人说，"我是商务部副部长，名叫杰里·费宁。再过几个星期，马就不再是运输工具了。活着的马能提供 100 万卡路里的热量。你不会想骑着它靠近一个饿得眼珠子发绿还拿着枪的人。"

"自行车也差不多。"总统说（让我联想到人们吃自行车的画面），"我们正在大量生产自行车。我不清楚具体数量，几百家工厂吧，24 小时不间断地生产。"

"有 182 家工厂登记在册。"费宁说，"有些工厂规模很小。在断电之前，他们可能会生产出 10 万辆自行车。"他摇了摇头。"这没有什么实际意义。外面肯定已经有 1 亿辆自行车了。"他茫然地朝我们这边看了看。

我不知道他们期望我们做什么，帮什么忙。在某种程度上，我们是公众人物，但大多数公众把我们视为令他们卷入这场灾难的罪魁祸首，而不是带领他们摆脱天灾人祸的中流砥柱。

我们确实有更多的与他者相处的经验，但实际上只接触了几分钟而已，这并没有多少建设性意义。实验用的小白鼠对人类的了解可能都远超我们对他者的了解。小白鼠跟人类的共同点也比我们跟他者的共同点多得多。

"不管我们做什么，"总统说，"都只不过是杯水车薪罢了。他们给了我们一个星期的时间，现在还不到六天。"他看着我，"如果那样的话，一旦我们有了你的细胞系统，洛蕾娜，我们该怎么做？"

"我猜下一步将是把细胞系统聚合成群。进入各个地区。一个地区有多大？"

"得比怀俄明州小，"我说，"如果你想开会的话。"

"你可以骑自行车穿过怀俄明州。"那个瘦子说，"但你不会想这么干的。"

"我不喜欢这种认为每个人都会乖乖合作的假设。"纳米尔说，"排好队，组成郡和州。没有中央政府，我就会把钱花在暴民统治上。帮派横行，最大的恶霸会身处金字塔的顶端。"

"你总是个如此疯狂的乐观主义者。"保罗说。

"那你会赌什么？"

他挠了挠头，"跟你一样。"

"所以我应该是最大的恶霸？"总统说，"我可能拥有最大的帮派。"

"唯一一个拥有核武器和热核武器的帮派。"怀俄明州的那名男子说道。有些人紧张地笑了起来。"你可以静候结果。"他继续说道，"让世界上其他地方的人先下地狱吧，等骚乱平息后再出来平定大局。"

"放弃美国吗？"总统说，"我不可能那么做。"

"这里已经不再是美国了。"怀俄明州的那名男子向左右挥动手臂，做了个横扫一切的手势。"当电力再次中断的时候，这将会成为一个巨大的疯人院，里面的囚犯们全副武装，不顾一切——而且控制着监狱。让他们彼此互相照顾吧。"

纳米尔在沉默中轻声问道："你们有多少军队？我是说在戴维营这里。"

总统望向巴拉德将军。"特勤局就在此处，可能有60多个特工？"巴拉德说，"101师的第一旅隶属于特勤局，但我认为当我们……疏散的时候，在白宫内外站岗的人数不会超过100。我的助手埃克斯准将知道确切的人数，但总共不到两百。"

"所以，如果有一定规模的组织决定攻击我们，我们就不得不到处分兵把口，然后处处兵力薄弱。"纳米尔说。

将军哈哈大笑，嗓音嘶哑。"我们全副武装，而那些士兵都是精英。那些平民暴徒组成的乌合之众不可能突破我们的防线。"

"用现代武器武装到牙齿。"纳米尔摇了摇头，"你甚至有战斗机和坦克。但星期三之后这些都将成为一堆堆无用的废铁。我们会有一百来个士兵，拿着步枪和刀子，如果他们有刀的话。我想找个不像戴维营那么显眼的地方待着，请见谅。"

"这就是问题的症结所在。"怀俄明州的那名男子说，"上个星期80亿人还有足够的食物得以度日，但大约70亿人需要有农业综合企业和大型水产养殖才能继续生存。但不管你做什么，都无法将这70亿人变成自给自足的农夫和渔民。即使你办得到，地球也撑不住。早在冬季到来之前，货架上就不会有任何食物了，粮仓里也会空空如也。"

纳米尔说："如果他者中断农业综合企业的电力供应，那我们就无计可施了。所以这70亿人中的大部分人都将会死去。"

怀俄明州的那名男子说："有些会成为盘中餐。一个成年人身上的肉大概有40磅或50磅？能让你多活上一个半月。"

"如果你有冰箱的话。"保罗说。

"或者你知道怎么做干肉条的话。"怀俄明州的那名男子说着,以评估的眼光打量了一眼保罗。如果是他的话,大概够吃两个月吧。

"但这跟在救生艇上的情况不太一样。"我说,"要是在救生艇上,你会被迫抓阄儿,弱肉强食。但在辽阔的美国,至少有足够的空间供人们躲藏和等待。"

"在一定时间内,我们可以维持秩序。"总统说道,"在大多数城市里,食品仓库和超市都配有武装警卫。"

"除非暴徒制服了他们。"洛蕾娜说,"我知道这在巴尔的摩①行不通,我的办公室就在那里。所有的警卫人员都消失得无影无踪。到昨天中午,所有的食物都荡然无存,连渣都不剩一点儿。当电力恢复时,有些人已经准备好了。他们开卡车冲进商店,大肆劫掠。有几个地方,军警人员进行了抢劫,或者至少加入了抢劫者的行列。"

"我们应该做最坏的打算。"纳米尔说,"考虑废墟重建的计划。有些国家在这方面比其他国家更有经验。"他肯定是想起了欣嫩子谷惨案,他的声音和他使用的重音都流露出地狱般的感觉。在那里,几分钟内他的家人全都死了,城市里尸横遍野。以色列勉强重建了,但从未恢复生气。

保罗对总统说:"根本问题是,有联邦储备粮吗?等骚乱平息后还会有什么东西依然存在吗?"

"事实上,有。"总统紧闭嘴唇,停顿了一下,然后继续说道,"离这儿不远,在西弗吉尼亚州的一个天然石灰岩洞穴里,有奶酪和冷冻干燥乳粉、水果和肉,我不知道有多少吨,在马洛政府时期,秘密收

---

① 巴尔的摩:美国马里兰州最大的城市,美国大西洋沿岸重要的海港城市。

购了各个州的盈余产品。守卫它的士兵以为那里是个秘密的导弹基地。那里的储量可以养活成千上万的人几十年——或者说，曾经可以。可以用卡车把储备粮运出来。"

"等戴维营山穷水尽维持不下去了，你就会去那儿？"纳米尔问道。总统候地脸红了，看向别处。

保罗说："总的来说，这对整个国家、整个世界都没有太大帮助。"

"离冬季还有6个月。"纳米尔说，"到那时，这数十亿人中的大多数人都将死去。除非他们都搬到怀俄明州，而且开始人吃人的生活。"

"那些越冬存活的人们将成为重建北半球国家的核心。我们应该研究一下那时该做什么，如何让这数百万人维续文明。"

"文明是导致我们来到这里的原因。"达斯汀说。"也许我们应该试试别的。"

"这不是哲学问题，教授。"

"除了文明一切都是哲学问题。从长远来看，我们可能会发现文明与生存彼此冲突，互不相容。"

怀俄明州的那名男子说："从长远来看，这个问题终有解决之道。"

"不会的。"达斯汀继续说道，"听着，我在一个与世隔绝的小农业社区长大成人，这个社区是反对商业主义的。我清楚地知道我在说什么：我非常快乐，虽然身上缺乏文明社会中大多数被高估的美德。"

"但这种情况并非刚刚发生。当然，在你们都认为不可避免的野蛮混乱中，它也不可能发生。"

"你无法战胜数学，孩子。没有人会躺下来等死，这样你和你的朋友们就可以赤身裸体地种菜了。"

"我知道。这就是为什么组织最初必须从这里开始。我们知道食物在哪里，人在哪里。几天之内，我们就可以利用这些知识，最大限度地增加幸存人口的数量。"

"告诉大家食物在哪里。"纳米尔说，"这样他们就能更有效地抢劫。"

"这是在分类生存和随机生存之间做选择。"保罗说，"只有10亿人能幸存下来，而你真正想说的是，我们可以选择是哪10亿人幸存下来。"

"不，我只是说，我们可以尽量让更多的人活下来。"总统说，"将会有类似适者生存的事情发生，但这并不牵涉到使用暴力。我认为恰恰相反，与他人合作的人能够得以幸存。"

"那些服从政府的人。"怀俄明州的那名男子嚼着薄荷味的口香糖说道，"有时候我觉得这一切都是你们编造的，波伊尔总统阁下。"

巴拉德将军面前的电话嗡嗡作响，他一把抓起了听筒。"巴拉德，走。"

总统放下刀叉，看着巴拉德。他们俩的脸色似乎都变得有点苍白。这不是例行电话——"跟总统共进晚餐，吃得怎么样？"

巴拉德说："我来了。"然后他站了起来。"总统阁下，呃，东斜坡那边有骚乱。"他扔下了餐巾。

"什么样的'骚乱'？"

"我不知道。有枪声，在栅栏的另一边。有狙击手，至少有一个，默默地埋伏在那里。请勿见怪，我得去看看。"另外两名军人跟他一起离开了。

那个佩戴着中士军衔穿着围裙的女人拿着一把木勺走了出来。"总统阁下,我把人带到地下室去好吗?"

"是的,谢谢你。嗯……当然,军人要留在这里,你们这些宇航员呢?"

"当然,"保罗说,"我们中有一半人也算是军人。"

"我也要留下来。"卡德对我说,"你们需要无辜的旁观者。"

充当炊事员的中士告诉这些平民,如果他们需要,她就把他们的盘子和酒杯拿来,他们会躲在酒窖里。当他们鱼贯而出时,他们既紧张又兴奋,还有点快活。

总统点点头,在下巴下翘起手指。"地下室下面有一个很大的安全室。我想我们还不需要用到它。豪尔赫,到将军那儿去,给我们用立体视频即时传送图像。"一个侍者把折好的餐巾从胳膊上扔了下来,急匆匆地向门口走去。他正要离开房间时,一支手枪出现在他的手中。"查理叔叔,站在穹顶旁边好吗?"另一位侍者点了点头,离开了。

"我们这里有很好的保护措施。"总统对着餐桌说,"如果我们打开加压的穹顶,苍蝇就进不来了,导弹也进不来。但我们会失去与外界的联系,而且可能会毁掉所有人的个人电子设备。"

纳米尔说:"但电子加压将在周三停止工作。"

"我认为如此。我不是科学家。"我也不知道,但这听起来稳操胜券。即使压力场本身不是电子的——我对此一无所知,但我记得它是一种类似"弱作用力"的东西,就像重力一样基础。但它必须有一些零件插入墙中。

"如果没有压力场的话,"纳米尔问道,"我们待在楼下还会安然无恙吗?"

他点了点头。"压力场的历史至少可以追溯到 21 世纪。在艾森豪威尔时代那里可能有个避难所。那时他们也有核武器。"

"能持续这么久真是个奇迹！"艾尔莎说。总统点了点头，对挖苦无动于衷。也许他知道一些我们不知道的事情。一些总统的秘密，在300多年间，从一任总统口耳相传给另一任总统，除被暗杀的总统没有机会以外。

"也许我们应该到底下的安全室去。"我说。

"我不知道。"总统用餐巾拭去额头上的汗水，"我担心出口处有电子锁。我们不能无限期地躲藏下去。"

达斯汀说："要被困在黑暗中，还不通风。不，敬谢不敏。"

墙上落地书架的一部分旋转后露出了一个大立体视频播放器，大约6英尺见方，厚度为2英尺。画面上下晃动，显然，豪尔赫在跑过去的时候，就在试着传送图像了。可能他使用的是头盔上的摄像头。

画面是淡绿色的，当几名士兵用步枪开枪射击时，画面上有道道白光掠过。

"我想知道他们的身份。"我说，"那些攻击我们的人。"

"如果他们是我们意料之中的人，那就是一群由独立钟领导的人。独立钟是个地下组织，他们试图在马里兰州的弗雷德里克组织一些活动。我们在他们的领导层安插了一名女性，但从昨天早上起她就音讯皆无了。"

"有多少人？"纳米尔说。

"300人，也许是400人。"

"他们为什么不等到星期三以后呢？"我问，"他们难道不知道大多数士兵都有电枪吗？"

"他们大多数人也有电枪，是民用猎枪，他们可能会把火药武器留到断电后再用。"一挺重机关枪哒哒哒地怒吼了起来，立体视频显示声音来自我方阵地。"我们也应该把火药武器留到断电后再用。"

"这可能不是真正的攻击。"纳米尔若有所思地说，"可能只是试探性的进攻，用来测试你的反应。"

"你会这么做吗？"

"在任何情况下，我都决不会进攻重兵把守的防御工事。除非那里有我真正想要的东西，例如说总统阁下。"

他笑了。"等通信断绝后，我就毫无用处了。"

"在那之前他们想抓住你。"

"我想是这样的。虽然我不确定他们会拿我怎么办。拿我去换食物吗？"

"也许他们只是想要戴维营。"纳米尔说，"没有电也易守难攻，所有的草地都很适合种植作物，像达斯汀曾经待过的那个农场一样戒备森严。"

"我待过的'农场'冬季并不漫长，"达斯汀指出，"而这个地方可能会有大量降雪。"

总统点了点头。他说："戈尔德过去常在冬季的周末进行越野滑雪。那儿有个圆形广场。"

木头墙上传来三下均匀间隔的撞击声，就像沉重大锤的重击。

"那是什么？"纳米尔问道。

总统耸了耸肩，向一个卫兵递去征询的眼神。"先生，"他说，"听起来像大口径的气枪，是把狙击枪。没有报告，因为图像比声音慢。先生们，我会离窗户远点。"

我们都朝西边两扇窗户之间的墙走去。这就是印第安人开始射箭的地方。在循环轨道上飞行，直到地狱之火把我们逼出来。

"见鬼。"保罗咒道，"我们不应该把枪留在飞机上。"

"在楼下有一些武器。"总统说道。他大步走到角落里的一扇门前，用拇指打开了门上的智能门锁。"我想是给军队的备用武器吧。放在大厅里的枪架上。"

纳米尔猛地冲那个方向抬起头来。我们五个人都紧贴着墙，蹑手蹑脚地摸了过去。我不喜欢加入总统军队的想法，但相形之下，成为一个手无寸铁的活动靶是荒唐的。

当我们跌跌撞撞地冲下金属楼梯时，我越发感到恐慌，一种无可奈何的愤怒涌上心头。一个星期以前，地球犹如一颗美丽的蓝色弹珠，漂浮在太空中，充满了希望。但现在当我们站在地球表面，这里只有恐惧和恐慌。

我们以前常拿这个开玩笑。我成年后的大部分时间都是在火星上度过的，它的两颗卫星——火卫一和火卫二——被命名为恐惧和恐慌。当它们一起西升东落时，我们有时会聚集在圆顶酒店里观看。边看边喝劣质的火星甜葡萄酒或更糟糕的白兰地。这是一个宜居之地，为恐惧和恐慌而干杯。我希望它依然是宜居之地。我的孙子孙女生活在那里，他们已经成年，到了法定投票年龄了。

这里的地面由混凝土浇灌而成，我木然地站着，而纳米尔、保罗和达斯汀砸开了玻璃橱，大声嚷嚷着该拿什么武器。在我眼中，一切宛如慢动作。曾孙？我的孩子，是对双胞胎，出生于2084年。按地球时间计算，他们现在已经54岁了，而按火星时间计算，他们只有28岁。火星龄10岁时，他们已经到了地球上的婚龄，可以成家立业了。是的，他们的孩子可能都有孩子了。我还没想过要询问此事。

保罗把一件轻量级的激光武器塞进了我的怀里,而不是一个啼哭的婴儿,所以我刚开始遐想当曾祖母的生活,瞬间这种遐想就戛然而止了。

我跟着他上了楼,差点绊倒,因为我一直在看那件武器,没看脚下。保险装置是一个 ON/OFF 开关,当你把右手拇指放在扳机上时,它就在你拇指的正上方。枪身上有一排光显示出还剩下多少电量。我手上这把武器还有一半的电,琥珀色的。足够煎熟一个鸡蛋吗?还是杀死一个人呢?

保罗低声说:"我去检查一下飞机。"我还没来得及说什么,他就从后门溜了出去。他拿着步枪和两个备用弹夹,却连顶防雨的帽子也没有。

两扇窗户旁各跪着一个卫兵。我坐在一个卫兵旁边的地板上,我们互相点头致意。"有什么动静吗?"

他摇了摇头,然后眯着眼睛探向外面看了一小会儿,然后猛地抽身后撤。当然啦,你不会想让狙击手有足够的时间瞄准你。

阿尔芭蹲在士兵旁边。"你和外面的人有联系吗?"

他轻轻点了点戴了耳机的耳朵。"是的,但是处于无线电静默期。"他低声说,"他们已经过了警戒线。"

阿尔芭和我使用同样的武器。她按了一下枪托尾部的按钮,一个长长的银色燃料电池滑了出来。她舔了舔大拇指,摩挲了一下电池的两端,然后轻轻一点,让电池滑回原位。

总统置身于离门窗最远的角落里,坐在一张破旧的皮沙发上。他穿着笨重的防弹背心,戴着沉重的军用头盔,看起来有点可笑,就像个模仿士兵的男孩。他正在一个看起来像大号手机的东西上按按钮,也许是在决定自由世界的命运。他能做的就只剩下这些了。

过了很久，我看了看身后墙上的钟。现在是下午1:45；也许过去了10分钟。我们还要坐在这里听多久的雨声？

我想起了纳米尔的那句话："我会坚守我的岗位，直到有人接替我的职责。"当他们的领导人忘记他们存在的时候，士兵们会耐心地等待，直到垂垂老矣并化为尘土吗？外面静悄悄的，除了风吹雨打的沙沙声，其他什么声音也没有。

士兵摸了摸他的喉咙。"西德雷？"他低声说道，"托尼？"他单手捂住耳朵，然后对阿尔芭耸了耸肩。我想我看起来不像个军人，因此他没对我耸肩。

立体视频上的绿色图像移动了，大约平面旋转了180度，豪尔赫回头看向我们的方向。在树林的掩映下，年代久远的原木小屋依稀可见，在暴风雨的幽暗中，我们黑洞洞的窗户显得就像明亮的正方形。我想是因为热成像吧，虽然这里很冷。

远处有一些机关枪开火，伴随着噼里啪啦的激光射击声和哗哗的雨声。"也许他们中的一些人正在后退。"士兵说，"或者这只是虚张声势，声东击西。"他对另一个士兵低声说道。"你觉得呢，布格？"

"我是个中士。"他的同伴回答道，"他们花钱可不是为了让我思考。"

"试着开动一下脑筋吧。"

"我猜他们采用的是骚扰策略，时不时放几枪，让我们整晚彻夜难眠，枕戈待旦。然后他们就去养精蓄锐，当我们精疲力竭的时候，他们就会对我们发起猛攻。"

"听起来不错。"纳米尔说，他挨着说话的士兵坐在地上。"这是他们最大的战术优势。即使我们比他们更有优势,他们也能控制我们何时何地进行战斗。"

"除非我们向他们发起攻击。"先开口的士兵说,"也许这就是他们现在正在做的事,让我们追在他们屁股后面疲于奔命。"

"把我们孤零零地留在这里吗?我不这么想。"

当然,他们并不孤单。我们还有一个相对累赘的总统和几个勇敢的星际空间探险者。虽说这六个人曾面对他者却活了下来并讲述了这种经历,但几百人拿着枪,对付这六个人叫什么事?除了这六个人,还有个皮肤黑到能在黑暗中行走而不被发现的阿尔芭。还要再加上我的丧尸小弟,他的三具化身已经有两具躯壳死掉了。难怪我们这群乌合之众要逃之夭夭呢。

"这在很大程度上取决于他们有多少电动武器。"纳米尔说,"他们肯定知道军方有火药武器。"

"他们可能也知道,经过几分钟的激战,我们就会用完火药弹药。而他们可能多年来一直在囤积弹药。"

"什么是再装填弹药?"我问。

"就是回收弹壳自己动手装填弹药。"另一个士兵说,"你留下空弹壳,然后再把铅弹和火药装进去。弹药税真的很高。"他看着纳米尔。"下面有很多弹药吗?"

他慢慢地摇了摇头,咬着嘴唇思考着。"我们清空了一个绿色金属箱,里面有 10 条子弹带,也许 12 条子弹带。那儿还有三个箱子。"和保罗一样,他的肩膀上也挎着两条子弹带,在胸前交叉,看上去就像个危险的墨西哥强盗。

"一条子弹带装有 240 发子弹。"这个士兵说,"20 箱。希望还有更多。"

后门打开了,保罗浑身湿淋淋地走了进来,步履沉重。"飞机看起来没问题。"他一边说一边把头发里的水挤出来。他瞥了一眼厨房门,"喝点咖啡吧。"

我跟着他进了厨房,纳米尔和艾尔莎跟在我后面。保罗抓起一条擦拭杯盘用的抹布去擦他的步枪。

"看,这太糟糕了。飞机现在没问题,因为你得穿过这么多开阔地才能到达那里。但是一旦他们从侧翼包围了这座建筑,他们就可以用炮火打击它。幸运的话,一枪就能使它飞不起来。

"所以让我们赶快离开这里吧,"纳米尔说,"趁飞机还能飞的时候。他们明天休息,然后星期三卡斯特①就会被苏族②包围。"我不太明白那是什么意思,但我肯定那不是什么好事。

"我们现在就走。"艾尔莎说,"我们在这里的每一分钟——"

"带我一起走吧。"总统悄悄溜进了我们身后的厨房。

保罗看着他。"我宁可带两个士兵去。"

"什么?"他似乎很惊讶,"但是我可以……我是总统。"

"你对戈尔德教授做过什么?"

"戈尔德已垂垂老矣。过去几天的惊心骇神,他者……他的心脏无法承受。"

---

① 卡斯特:南北战争的名将乔治·阿姆斯特朗·卡斯特,外号"晨星之子",率领着精锐的美军第七骑兵团,在小巨角河被三千苏族人合围,最终全军覆没。
② 苏族:北美印第安人中的一个民族,也被称为达科他人,是北美最大的原住民族群。

"胡说。我在他去世的前一天和他交谈过。他的身体健康没问题。"

"但他上了年纪。"

"他每天游泳半英里来休养身心。他没有心脏病。"

"但他确实犯了心脏病。我当时亲身目睹。"

保罗看了他好一会儿。"去告诉士兵们,我们要带你去安全的地方,让他们掩护我们。然后我们趁人不备时就偷跑。"

他摇了摇头。"如果……"

"我去找其他人。"我说着,从总统身边走过。他身上散发出刺鼻的汗味。那是因为恐惧而流汗的味道吗?或者是因为撒谎?

他说当戈尔德死的时候他就在现场,也许他并没有撒谎。我想知道是否还有其他人身处现场。

我走进房间,朝卡德走去,小声叫他到厨房去,但没有必要保密。当所有人都消失的时候,士兵们会理解发生了什么事,即使总统并未告知他们。

"我们要趁飞机还能飞的时候逃出去。"我大声说道。

"聪明的做法。"一名士兵简洁地对此回应道,"请给我们留下一些弹药。"

"你们可以把弹药箱从楼下搬上来。"另一名士兵说。

"明白了。"达斯汀示意卡德跟他下去搬。

"我应该……我应该留下来战斗。"阿尔芭说。

年长的士兵仔细打量了一下她的黑色制服。"你只是个警察,伙计。省省你的制服吧。"他笑了。"不管怎样,谢谢。你们要带副总统走?"

"正是这个意思。"

他抿了抿嘴,点了点头。我本想了解一下他的想法。"布格,你在这里守住要塞，我来掩护逃犯？"

"明白了。尽量别打中你们的总司令。"

"不需要承诺。"他刚一起身，波伊尔就进门了。

"伙计们，"他开始说，"我们已经决定——"

"火星女孩跟我们说了，先生。"杜克说，"要冒雨飞行。"他看着我，"知道你们要去哪里吗？"

"我想，是加利福尼亚州吧。北方一个的农场，我们的一个同伴是在那里长大的。"

"祝你好运。找个安全的地方。"

"也祝你好运。也许如果他们知道总统、副总统不在这里，这里就安全了呢？"

"代理总统。"波伊尔说，"要是我在代理期间表现得更好些就好了。"

"我们会让他们知道你们已经离开了。"另一名士兵说。"不过，他们没有理由相信我们。他们还想要戴维营和这里所有的一切。"我想，这是一个惹人注目离开的好理由。他们可能会想到这一点。

这是否意味着在有人接替职责之前就离开岗位呢？如果你们的总司令先开小差跑了，这条原则还适用吗？

小伙子们把金属弹药箱搬了上来，放在窗户下面。我们向士兵们道别，跟着保罗和总统冒雨出去了。

在停机坪跑道的另一边，有个装有雷达和卫星天线的小控制室。两个穿着蓝色飞行服的人站在门廊上，注视着我们。他们可能是那两架喷气机的飞行员。他们随意地挥了挥手，我也挥手回应。他们会跟着我们飞吗？可能不会。

或许他们也不想在戴维营逗留。

当我们接近美国国家航空航天局的喷气机时,机身一侧垂下了折叠收纳的舷梯。

这回我们无须忧心体形庞大的火星人上不了飞机。

其他人匆匆走上舷梯。保罗把手放在波伊尔的肩上,"等等。"

"为什么?"

"稍等。"我慢慢地从他们身边走过,这时总统开始发抖。"你不能——"

"我想我能。这是我的飞机,你不能上。"

"你怎么敢。我可以下令击落你的飞机。"

保罗看着手中的冲锋枪,笑了。"我可以假装你没这么说过吗?"他做了个手势让我登上舷梯,然后他跟在我后面,倒退着走,眼睛死死盯着波伊尔。

"你认为他们不会听我的命令?"

"他们肯定不会。回去问问他们吧。"

他环顾四周,回到小屋,然后进了控制室。两名飞行员回头看了看。

然后他开始走。"我会站在你的排气管后面。如果你启动喷气式飞机,你就会成为杀人犯。"

保罗走了进去,拍了一下门边的一个红色按钮,然后转身向下看着总统。"你可以随心所欲、为所欲为。"他说道。这时舷梯开始折叠收起,从地上升了起来。

"这东西没有后视镜。"

我坐下来,系好安全带。"这是真的吗?"

他坐在飞行员座位上,安全带紧紧地套在他身上。"嗯,当然。

你会把镜子放在哪里？"平板屏幕闪着光，显示出他身后的黑色停机坪。

总统出现在我们的视野中，双脚分立，双手叉腰地站着。

"这一切都是愚蠢的。"他轻敲了一排键。

"你要——"

"放松。排气口在他头顶上方一米多高的地方。如果我突然加大油门，我能把他烤熟，但我只会稍稍加点油，然后偷偷溜走。"他戴上耳机，"控制中心，这里是美国国家航空航天局 1 号机。"他停顿了一下。"收到。因为重量限制，我们不得不落下一个人没让他登机。正北方起飞，逆风飞行？当我们飞过云层时，我将以航向大约 250 度飞行，目的地是北加利福尼亚州。"他点了点头，"收到，谢谢。你们也一样。通话完毕。"

引擎砰的一声启动了，我看见波伊尔跑了起来。飞机发出低沉的呜呜声，慢慢地向前移动。

"大家都系好安全带，直到我在天气不佳的情况下结束向左转弯的飞行。然后空中乘务员会拿着饮料过来。"

他大笑出声。"哦，见鬼。我们把他落下了。"

08

我们起飞的时候，没人说过会吸引火力。我以为什么事都会发生。在起飞后保罗让飞机保持低空飞行，飞了一分钟左右掠地飞行高度，所以我想待在地面上的人，头顶上是森林，可能没有时间瞄准我们开枪。

然后巨大的推力把我压回座位上动弹不得，飞机咆哮着，嘎嘎作响，尖啸着飞向高空。我们突然冲出云层，午后的阳光洒落在机身上，但飞机仍在加速前进，几乎是直线上升。过了一分钟后，飞机减速下降，速度变得平稳，绿色的圆润山顶从我们下面飘过，从雾蒙蒙的云层中凸出来。

机舱里静了下来。保罗在座位上转过身来，正常地说着话。"对不起，本应该警告你们的。我想离开他们的射程，以防他们有热追踪器。"他看了看他的手表。"我们大约要花四个小时才能到达加利福尼亚州。美国西部标准时间三点后降落。"

"想在路上飞越水果农场的上空吗？"达斯汀说。

"是的，看看有没有人在家。"

"看看我们是否会引来轻武器射击。"纳米尔说，"那将帮助我们制订计划。"

我斜倚座椅，闭眼假寐，但我无法入睡。即使我本来没什么可紧张的，过多的肾上腺素，以及随之分泌的化学物质也会让我紧张万分。

卡德、阿尔芭和达斯汀把飞机后部的座椅重新排列了一下，让座位围在一张桌子周围。卡德发现了一本用纸做的笔记本，每一页的顶部都有总统印章和默文·戈尔德的姓名浮雕（Gold）。他正在用铅笔画一个复杂的几何图形，从左上角向下斜着填满这一页。图形实际上很美丽，看起来刻板而又正式。

我坐在他旁边。"我不知道你还有艺术天赋。"

"我没有，这个'我'没有。是从我的第二个化身那里学了一些。"

达斯汀从书本上抬起头来，"你不同的化身有不同的技能吗？"

"是的。真可惜我的第三个化身不在我们这里。他是个谈判专家，是商人。"

"你从那两个化身身上都学到了什么？"我问道。

"这不像学习。"他耸了耸肩。"实际上是某种'存在'。从量子化学的角度解释，他们最初是我本人完美的复制品，但过了一微秒左右就开始与我本人产生区别。不仅是特殊技能有所不同，个性也有所差异。比起原版的我，你可能会更喜欢我的任何一个化身。"

我捏了捏他的胳膊。"我更喜欢你的本体。"

达斯汀问道："另外两个化身，他们有单独的社交生活吗？不同的朋友圈？"

"是，也不是……我们的生活有重叠之处，我们认识的每个人都知道我有三个化身。这并不复杂。我的大多数朋友都至少有一个化身。"

"现在觉得寂寞吗？"阿尔芭问道。

"是的。你从没有过化身吗？"

"负担不起。实际上，它在我的愿望清单上排名很靠后。"

他点了点头。"嗯，等你年龄再大些……如果还有可能的话。"

飞向地球

他开始发抖。当他面对我时,我抚摸着他的胳膊和光溜溜的脑袋。"不管怎么说,你有个姐姐回来了。"

"一个妹妹。"他微微一笑,"这比我的那些化身还奇怪。"

停了一会儿,阿尔芭说:"你有什么办法把他们找回来吗?"

他扮了个鬼脸。"有,也没有。肉体只是……被宠坏了的肉。他们的某些个性版本应该被储存在某处。应该是。如果没有,我可以起诉。"

"卡门,你想给我弄点吃的吗?"保罗转过头来叫我。"最好一直抓着扶手。"自动驾驶仪会直接带我们飞往水果农场,除非停电。那就最好能有个人坐在机长的位子上,知道怎么调整飞机的方向。

我翻遍了从美国国家航空航天局自动售货机取出的那包食品,给他拿了块饼干,一些坚果,还有一瓶水。我给他送这些零食的时候,他在我的脸颊上轻吻了一下。

有两个辅助显示屏亮着,一个放着色情片,另一个显示着《傲慢与偏见》的第 13 页。他可能想让我品评一二,但我没有发表评论。

挡风玻璃的上半部分变暗了以遮挡阳光。在我视线所及之处,下方彤云密布。"我想知道这些云能飘多远。"

"这可说不准。天气不好,感觉怪怪的。"他压低了声音,"你弟弟怎么样了?"

"很难说。我猜他是想把事情理清楚。"

"对付公社,他可能比达斯汀更有帮助。"

"也许。我要和他们谈谈。"

"给他吃点花生吧。"他说着,嘎吱嘎吱地嚼了一口,"也许该再来罐淡啤酒。"我抓起几罐放在桌子上,坐了下来。

"谢谢!我们走对航线了吗?"

"总之,向西走。"我看着他打开易拉罐喝了一口。"你认为这些共产主义者会是什么样子?"

"共产主义者?就像公社里的人一样吗?"

"那你会怎么称呼他们呢?"

"地球人。可以用来称呼他们中的大多数。不知道他们管自己叫什么。"

"你从来没去过那儿吗?"

"上帝啊,没有。那个地方在整个州的另一端。要去那儿买新鲜蔬菜的话得走很长的路。现在我真希望我去过那里。"

"是啊,我们真的不知道应该作何期待。"

达斯汀放下他的书。"悄悄地发疯。这正是我所期望的。不过,谁知道会发生什么呢,毕竟过了70年。"

"又吵闹又疯狂。"卡德说,"好战的乡巴佬。这是立体视频上使用的陈词滥调。"

听起来蛮有趣的。"有事实根据吗?"

"具体说来,说的不是水果农场。

那是世纪之交,2100年的事了。东部的一些公社聚集在一起,组成了某种黑暗势力,他们试图一点一点地从美国分离出去。他们是那个家伙的追随者……"

"拉兹洛·莫特金。"阿尔芭说。

"是的。他们经常会发动零星战争。"

"他们甚至不在同一个地理区域中。"阿尔芭说,"分布在三四个州里。他们声称我们和他们之间有'存在的边界'。"

"他们雇佣了律师来打官司证明这一点吗?"

"不仅有律师,还有枪。"卡德说,"你还需要什么?"

"有什么结果吗?"我问道。

卡德摇了摇头。"几个月他们就完蛋了。一些人被监禁,一些领导人被处决。拉兹洛·莫特金本人在一次军事行动中丧生。"

"这让美国政府陷入了尴尬境地。"阿尔芭说,"当时他正在竞选总统。他死前本来只是个有钱的疯子。他死后就成了政府压迫的象征。"

我隐隐约约记得当我们在星际飞船上的时候,他给我们发了一条疯狂的信息,意思是如果我们是虔诚的美国人,我们就该对他者的母星发动自杀式袭击。

"我们应该首先假设他们是和蔼的有理性的人。"艾尔莎说,"他们对电力之类的东西抱有一些 19 世纪的理念。"

"不知道星期三之后他们是否还有电。"阿尔芭说,"要是有的话,他们就是全国唯一有电的人了吧?"

"如果他者做的事情和以前一样,就不会有电。"达斯汀说,"一切都会停止运行,连电池也用不了。像水力发电机和风力发电机这样的东西,不停地旋转,但没法发电。"

"问题是,使用这种古老的技术是否能让水果农场的人们更好地应对即将到来的无畏新世界。我们假设是这样,但是你可以认为他们的技术原始主义只是肤浅的。他们一直都有电——自己发的电,但有什么区别呢?"

纳米尔走到飞机后部的最边上,拿着一瓶威士忌和一叠杯子走了出来。"让我们为美国国家航空航天局和他们传奇的远见干杯!"

我喝了一小杯这种东西,口感绵密丝滑,还没喝完,疲劳感像镇静剂一样让我全身无力。我摇摇晃晃地走回我的座位，斜靠在椅背上，在我的头撞到塑料枕头之前就睡着了。

09

突然,我惊醒了。飞机的引擎熄火了,我们急剧倾斜。我拉开窗户上的窗帘,看到我们正一头往下扎,下面是森林郁郁葱葱的丘陵地带,有一条小河蜿蜒流淌。

"应该只有几英里了。"保罗说,他提高了嗓门,语调平淡,声音沙哑,"我正在以最低速慢慢下降。等我们掠过公社上空时,我就把发动机关掉。你的显示屏应该显示的是我们正下方的景象。"我向前伸出手,轻轻拍了拍我前面座位靠背后面的屏幕。树梢从机身下面翻滚而过,随着我们的高度下降,树梢在我们的视野中慢慢变大。

他们一定听见我们来了。人们在奔跑着寻找掩护吗?还是跑去操纵防空激光器了呢?

"他们不会有激光器的。"纳米尔看透了我的心思,"不过,滑膛枪可能会造成一些伤害。"

"为什么没有激光器呢?"

"他们可能会有,但激光器运行需要百万瓦特,他们无法使用20世纪的太阳能电池和风力发电机获得这么大的电能。"

森林突然到了尽头,取而代之的是一片片方形牧场和一排排果树,整整齐齐的。我们已经低到能看到奶牛在抬头看着我们。引擎断断续续地熄火了,我们在空中滑翔时,气流的冲击声哗哗作响。

匆忙间，我看到了栅栏，还瞥到了一个蓝色的长方形——那是个游泳池。在那儿有六个裸体的人指着我们，其中两个人向我们挥了挥手，这比用枪指着我们强多了。

就在游泳池的旁边是一座低矮的大楼。"这很正常。"达斯汀说，"我们过去常去那里看立体视频。"再过去有几十栋独立的住宅，我猜想是多户住宅。看起来它们最初围着八角形修建，然后向着各个方向延伸出去。

穿着衣服的人抬头望着我们，举手遮住他们的眼睛，不让夕阳的光线直射眼帘。在栅栏的入口处，一名男子肩上挎着一把小型突击步枪。他看着我们飞过去，没有举枪。

栅栏的每个角落都有瞭望塔。从我们的视角看，看不出里面有什么人或什么东西。在入口处有个棚屋，可能是他们卖东西给外人的摊位。还有条土路，穿过更多的牧场和果树，然后进入森林。

保罗重新启动了引擎，发出砰的一声，然后是轻柔的轰鸣声，我们稍稍升高了一点。"现在让我们看看我们要走多远。"他说。

我们沿着弯弯曲曲的河流飞了几分钟。

河边有条土路，也许对吉普车来说空间足够大了，但对飞机来说，地方不够宽，跑道也不够直，不能着陆。接着，我们掠过了一条灰色的自动通道。保罗拉高了飞机，飞机斜着打了个旋儿，过了河，然后又返回来。他控制飞机完美地对准中间行车线，然后慢慢地把飞机降了下来。这条路上现在没有任何车辆来往的迹象，但即使在正常情况下，这里可能也并非繁忙的交通要道。

刹车咔嗒咔嗒地响了几声，我们就在河那边停了下来，占据了右侧车道的全部空间。

"纳米尔,你们这些间谍可以开工挣回你们的生活费了。四处侦查一下?"

"明白了。"他、达斯汀和艾尔莎从头顶的行李架里拿出了武器和子弹带。这时机舱门打开,放下了折叠收纳的舷梯。我自己也渴望呼吸一些新鲜空气,但保罗是对的,先带上枪出去。这座桥可能有人看守,或者至少有人警戒。

"我不知道我们有多安全。"卡德说,"如果有车来了,应该自动刹车,但是……"

"相信我们的运气吧。"我说,"到目前为止,一切顺利。"

"这让我觉得很安全。"

阿尔芭说:"如果故障自动保险失效,你可能无法进入自动通道。电源会自动关闭。"

"侵入中控系统。"他说,"任何一根零线和火线碰在一起,都能让汽车短路点火起动,把它变成手动挡。"

"你能吗?"我问道。

他耸了耸肩。"我知道怎么做。"是啊,就像我知道星际飞船的工作原理一样。

当达斯汀慢跑到桥边时,纳米尔和艾尔莎正拿着枪在路上走来走去。他看了看,然后耸耸肩示意。

纳米尔回来登上了舷梯。"我建议实施P计划。"他说,"天黑之前我们可能到不了农场。"

"对不起,"我说,"我是不是睡过头错过了什么?"

"P代表谨慎。"纳米尔说,"这架飞机太显眼了,我们不能待在飞机里面。所以我们要把必需品卸下来,藏在附近。"

"例如藏在这条路上。"

"不,我们要把东西搬回树林。"他看着保罗,"也许在河边?"

"迟早得把东西搬下去。"

我把步枪斜挎在背上,收了几袋食物和其他东西。当达斯汀上飞机时,我问他河水是否可以安全饮用。他奉劝我们要谨慎小心,等我们询问过当地人再说。"我小时候喝过,但爸爸狠狠地骂了我一顿。"

几分钟之后路上还是没看到车,卡德和阿尔芭一致认为自动通道肯定是被关闭了。这并不意味着不会有人用手动挡开车,一路尖叫着开过来,但我们可以听到他们开过来的声音并及时离开道路。

从桥上到河边的土路并没有真正的路。我们小心翼翼地走下滑溜溜的砾石路,穿过密密麻麻的灌木丛,间谍们拿着枪走在我们前面。当我们到达土路后,间谍们把大部分重型武器留给我们,又上飞机去拿了一批武器。

这里宁静而又美丽。这条河宽约十米,水流湍急,看起来很深。

卡德走过来站在我旁边,望着河水。"还记得加拉帕戈斯群岛吗?"

"当然记得。"在乘太空电梯去火星之前,我们在那里待了整整一天。"你曾经故地重游过吗?"

"大约20年前我回去过。在那儿潜水和钓鱼。"

"你当运动员了?"

"算是吧。我有一次坐摩托雪橇去了北极,很有趣。"

"以北极熊和企鹅为食吗?"

"那里没有企鹅。大部分时间是喝啤酒吃热狗。我确实看到了一只北极熊,但它跑掉了。"

"再也没回过火星吗?"

"从来没想过。检疫隔离一解除，我就离开了。很高兴能回到地球。"他从塑料瓶里倒了些水递给我。尽管不渴，我还是喝了一口。

"那是火星。"他说。

"我猜也是。"拒绝喝水是不礼貌的。

"你喜欢那里。"

"那是家，成了我的家。"我摇了摇头，"曾经是我的家。永远不会回去了。"

"没有人可以回去了。如果你想达观一点的话。"

"回佛罗里达了吗？"

"是的。那栋老房子还在，但周围都是大公寓。一座古色古香的老农舍，玫瑰花丛还在那里，草坪上还是铺了粉色砾石。被高楼大厦包围其中。"

"那很有趣。"

"什么？"

"肯定是某种区域划分的特殊性。"

他笑了。"卡门……那是个该死的博物馆。那是火星女孩在地球上最后住过的地方。"

"哦，见鬼。"

"你应该去看看。也许他们会让你免费进去参观。"

"我可以穿上我正宗的火星女装。"就是成年人称之为"紧身衣"的衣服。

"在佛罗里达州吗？你会被逮起来送进监狱的。"

"他们在这里似乎没那么拘谨。你看到游泳池周围裸体的人了吗？"

"是的，这就是加利福尼亚州。真是爱死它了。"

达斯汀和艾尔莎正拖着美国国家航空航天局装邮件的手推车艰难地走下斜坡。我们前去助他们一臂之力，帮助他们穿过灌木丛。

"保罗正在列清单。"艾尔莎说，"我们可以在飞机上留下什么？"

"飞机锁上了吗？"卡德问道。

"他说是的。不过你可以用开罐器撬锁进去。"

"拿走所有的武器和弹药可能是明智之举。"艾尔莎说。

"假设水果农场那些和蔼可亲的人会养活我们。"我说。

艾尔莎画蛇添足地来了一句："如果他们不养活我们，无论如何，几天后我们就得靠自己养活自己了。"

纳米尔从树林里出来，把荆棘踢到了一边，"找到了一个我们今晚可以过夜的地方。"

"汽车旅馆吗？"我弟弟说。

纳米尔对他的玩笑无动于衷。"一块小空地，顶上有足够的枝叶可以供遮挡。"

"万一总统派他的太空部队来呢？"艾尔莎说道。

"有可能。或者水果农场的人可能会沿路来找我们。"

"带着干草叉和泥铲当作武器。"达斯汀说。

"他们有武器。我们应该做好一切准备。"

当然啦。我向阿尔芭做了个手势。"我们上去拿点东西吧。"

我们向上走，发现保罗在飞机旁边整整齐齐地堆了一堆东西。我拿起了三支激光步枪中的一支，我想是我在戴维营用过的那支，没多少电了。

保罗走下舷梯，不等我开口就回答了我心中的疑问。"星期三以后它就是没用的垃圾了,但我不想把它们留在飞机上。有人可能在今晚或明天拿到它们,然后用在我们身上。"

"这把枪差不多快没电了。"

"直到星期三之前,它仍然是一种强有力的心理武器。"他放下了她随身携带的两个袋子,里面装的是食物和从车辆调配场里拿来的信号枪。"或者你可以把它扔到河里去。两把枪可能就够了。"我们还有从阿尔芭的车后备厢里找到的火药武器,以及纳米尔"发现"的那几把枪。

"扔掉枪之前,先把燃料电池取出来。"阿尔芭说,"到星期三之前,我都要随身带着电池。"我把电池取出来给了她,然后把那把已成废铁的枪甩到一边。它轻轻地扑通一声落进水里,浮起来一下,然后沉了下去。

保罗手里拿着一支信号枪。"我可以把飞机烧了。"他说,"过河拆桥。"

他摇了摇头,"如果农场不收留我们,我们可能需要飞机。我们现在去找那块空地吧。"

我说:"你能在这儿找到上身赤裸的本地姑娘。"

我们去了纳米尔找到的空地,在那里搭了个营地,粗糙到足以令人笑掉大牙。如果下雨,我们就会被淋成落汤鸡。但我们捡了很多松枝,铺了几张大床。每次留两个人站岗放哨,其余5个人只需倒头呼呼大睡。

太阳下山时天渐渐转凉,但我们商量了一下,还是决定不生火。

7点到9点,我站第一班哨,躲在高速公路和河之间的灌木丛里,啜饮着冷冰冰的速溶咖啡,倾听着除流水声和风声之外的一切动静。我有一支激光步枪和一支信号枪。艾尔莎也配备了同样的武器,藏在我们营地北面的树林里。如果我们看到或听到什么,我们应该闭上眼睛,以保留黑暗中的视觉,并直接发射照明弹。也许会引发森林火灾。

起初我觉得浑身痒痒的,但我确信那不是虫子,只是皮屑。穿越10个或12个时区的途中出了一身汗,现在汗水干结在皮肤上。也许我们可以在离开前在河里泡一泡。

我想到了雪鸟,希望她快乐并且已经康复了。

也许他们会在冰上凿一个洞,这样她就可以去游泳了。

这是一个万里无云的夜晚,月光皎洁,所以并非到处漆黑一片。当我清楚地听到脚步声、嘎吱嘎吱的声音和高架桥尽头碎石滑动的声音时,我的心猛地一跳,但那只是一只小鹿,过来看看另一边是什么样子。看着它小心翼翼往下爬的小模样可真是太有意思了,战战兢兢但还不够小心。如果我是猎人的话,它会变成我盘子里香喷喷的鹿肉大餐。

我能闻到它的气味,一种奇异的麝香味。我想,这意味着它闻不到我的气味,因为风是向我这边吹过来的,我在下风位置上。在我19岁之后,我跟动物就没打过交道。对我而言,那只鹿比火星人更有异国情调。

不过,再怎么奇怪也没有我们瞥见的他者奇怪。想起了那个角质的可怕怪物,我的皮肤上密密麻麻地起了一层鸡皮疙瘩。我们缺席的主人,像旋转的恒星一样缓慢而又无情。

这里星光明亮。星期三之后,到处都很明亮。我想知道是否看得见他者所在的沃尔夫25号。它距离我们25光年,光泽相当黯淡。保罗说它在双鱼座。我只认识那个星座中的五六颗星星,沃尔夫25号并未跻身其中。

我花了几年的时间穿越星际空间，在孤独的恒星之间来回穿梭，但没有花多少时间去观察它们。

因为没有窗户可以朝外看。

毋庸置疑，火星是一颗明亮的橙色恒星，其光芒不会眼瞳似的闪烁。为什么人们称它为红色星球？古人没有表示橙色的词语吗？也许红色更有戏剧性。

那只鹿闻到了一股什么味道，就在树林里蹦蹦跳跳地跑开了，它白色的尾巴犹如一面看不清的小旗子晃来晃去。别开枪，艾尔莎。她没开枪。

保罗夜光表使用的是老式的指针和数字，暂时有用。我没看表，我估计过了一个小时，结果只过了 32 分钟。

我试着把注意力集中在景象和声音上，几乎没什么变化。每隔几分钟就会有鸟儿婉转啁啾或是戛然长鸣。我注视着一颗明亮的星星爬过树林。还好我不困。尽管如此，我还是不断地陷入沉思冥想的状态，也许湍急的水流让我松静入定。

气味变化的方式很有趣，微妙但突然。微风拂过，随着风向的转变，风中弥漫的悦人清芬不断变换，一会儿是不同鲜花的甘醇芳香，一会儿是灌木丛的清新气息。我想城市里也是如此，但是充满刺激的城市生活让我们无暇关注这些美好的生活细节。

我突然想到我们身处农场的下游。如果他们知道或怀疑我们在高架桥的附近，他们可以乘独木舟或木筏悄悄地漂下来。我凝视了一会儿河水，但我意识到，即使在晚上，以那种方式接近我们也会非常显眼。即使是小木棍漂在水面上，也会打散水中月亮的倒影，所以很容易被看到。于是我回到我原来的地方，在两株低矮的灌木之间静静地坐了下来。

我的不声不响得到了回报，我看到了另一种动物，一只潜伏的浣熊沿着鹿走过的那条路走了过来，但没有发出任何声音。当它走到高速公路上时，它急忙从另一条路飞奔而去，去探究高架桥下的黑暗之处去了。也许我应该躲在那里。不过跟虫子和蛇一起待在那里，想想都起鸡皮疙瘩，还是算了吧。那只浣熊可能是吃饱饭后遛遛弯儿，不过我觉得它的晚餐没什么吸引力。

卡德过来接替我的时间比我预想的要早得多。他身穿白色的热带旅游服装，在月光下移动，这让他成为一个引人注目的幽灵。再过几周，这件束腰外衣就会脏到足以拿来作伪装了。

"有什么动静吗？"他小声问道。

"有两只动物跑过去了，一只鹿和一只浣熊。"我把保罗的手表、步枪和信号枪递给他，"你知道怎么使用这把信号枪吗？"

"直接向上开枪，闭上眼睛。"

"你保持清醒没什么问题吧？"

"没问题，还没有丝毫困意呢。"

"留心这条河。"

"是啊，他们可能会拥有一支海军。"

森林远比我想象的要黑。我小心翼翼地走着，慢慢地往坡上爬。如果我走自动通道，我就会错过他们。我差点儿踩到保罗身上，他身上那套美国国家航空航天局专用的连身衣在阴影中显得更黑了。然后有人开始在几码外打起了香甜的呼噜，我分不清是谁。

我跪了下来，拍了拍他身边松枝铺成的床，然后爬了进去，但我小心挪远了些以便不会碰到他的身体。不过，我能闻到他的头发和松木的清香,还能听到他轻柔的呼吸声。

  这是多么漫长的一天啊!在这个星球上来回奔波,着陆并在这片黑暗的森林里宿营。我闭上眼睛,像个疲倦的孩子一样睡着了。

10

吃完能量棒充当的早餐，喝完冷咖啡，我们把所有的东西都搬到了高速公路上，开始步行。纳米尔打头，达斯汀断后，两人都带着激光枪和手枪。这对我来说有点太像军队了，给人的第一印象会很差，但我没有说出来。我们可能会遭遇伏击。

飞机上的测量仪测出从公社到高速公路的直线距离是 7.4 英里。沿着蜿蜒的河道走大约 10 英里就到了。所以我们应该会在中午之前到达公社。我的脚有点酸痛，也许还磨出了泡。我穿了双薄底鞋，能感觉到路上的每一颗石子，但是我可以避开那些又大又尖的石子。

刚开始行走的时候，我们惊动了一只在河边饮水的鹿。从那时起，动物们就离我们远远的，对我们敬而远之。

若我们是更优秀的伐木工人，我们可能会怀疑野生动物的缺乏意味着我们并不孤单，但我们的军事小分队主要熟知的危险来自城市和沙漠。

我注意到，纳米尔的目光确实扫过了那些树木，寻找狙击手，并细细看过地面，我猜想是在寻找绊网和地雷。

早在达斯汀还生活在这里的时候，政府就颁布法令保护这片半野生的森林环境。数千英亩的土地被登记在一块儿，并入了现有的联邦公园。水果农场是"祖祖辈辈生活的地方"，被允许作为私人的、非

飞向地球

机械化的文化遗产保留和经营。我们走过残留的老式机械化农场,这些农场因无利可图而注定要回归自然。废弃的机器变成了精致的鸟窝,上面布满了铁锈和鸟粪。取代了牧场和农田的植被,主要是威忌州松[①],不像生长多年的大森林那样浓密和阴暗,沿着它走感觉更安全。

大约一个半小时后,我们在一棵老橡树的树荫下停下来休息,从美国国家航空航天局自动售货机里拿出的三明治很受欢迎,但有点不太新鲜了。

保罗把带轮子的邮差背包里装的东西分了分类。"如果他们不准我们进去,我们的食物能吃两三天。如果我们不得不回到飞机上,发现飞机被破坏了——或者不见了呢?"

卡德说:"你说过没有多少人能驾驶它。"

"我说的是没有多少人能驾驶它着陆。起飞然后在某个地方坠毁并不需要太多技巧。

"我只是想知道它会不会被公路养护机械拖走,或者被推入河中以保持道路畅通。"

"我想不会。"卡德说,"我认为,没有卫星通信和全球定位系统,维修机器人哪儿也去不了。"

"让我们该操心的时候再操心。"纳米尔说,"我们怎样接近公社呢?他们可能正在等我们的到来。"

"他们可能有很多游客,"达斯汀说,"一旦永久断电,这里将

[①] 威忌州松:也叫纽泽西松;丛生松,不适合用作木材的矮小、散乱或矮小的松树。

成为一个大受欢迎的热门之地。"

"当然,"卡德说,"这就是这个地区周围交通堵塞的原因。"一只蝴蝶在恬静的空气中飘飞而过。"即使自动通道正常工作,这个地方也前不着村后不着店。你不能就这样离开自动通道,开始徒步旅行。没有飞机的人必须从这条路的起点出发。它可能不在地图上。"

"以前可不是这样。"达斯汀说,"想要我们产品的人会为此花上一整天。沿着这条尘土飞扬、没有路标的老路开下去。"

"一定是上好的蔬菜。"我说。

"人们很有趣。我们卖给他们像蒜之类的东西,那是我们在萨克拉门托①批发购入的。如果这东西很奇特,他们会认为是我们在这里种的。"

"我们飞越公社的时候,这里看起来种了很多庄稼。"

"比我小时候的种植区域还要大,那时我们自给自足之外还颇有结余。"

"你说那时候这里有几百个人。"我说,"现在看起来没那么多人了。"

"很难说,就是我们飞越公社的时候,很多人早上做完家务和午餐后正在午休。"

纳米尔在橡树下坐了下来,用双筒望远镜观察风吹草动。他把胳膊肘撑在膝盖上,一直调高变焦杆放大倍率,顺着公路往回看。

"看到什么了吗?"艾尔莎问道。

---

① 萨克拉门托:一个位于美国加利福尼亚州中部、萨克拉门托河流域上的城市,是萨克拉门托县的县府所在地,也是加利福尼亚州州府所在地。

他轻轻摇了摇头,仍然用望远镜盯着看。"我感觉我们被跟踪了。"

"我也有那种感觉。"我说,"我以为只是出于紧张。"

"可能。"他放下双筒望远镜,揉了揉眼睛,又拿起望远镜再看一遍。倏地他的呼吸急促起来。"在那里。"他的声音降至耳语音量。"阳光照在什么东西上,也许是金属,也许是镜头,也许是一片闪亮的叶子。"

"是狙击手吗?"保罗说。

"不。我不这么想。狙击手或者猎人会罩住步枪的瞄准器。又亮了一下。"

我小心翼翼地没有朝那个方向看。"我们该怎么办?"

"我很想挥挥手,看看他们是否会挥手示意。如果是一个拿着功率为千兆瓦特激光枪的狙击手,我们都会被烤焦。"

"你说的就像有人会把这么重的武器搬到树林里去一样。"达斯汀说,"即使这些地球人真有这样的武器。"

纳米尔放下双筒望远镜,靠在树上。他双手交叉放在胸前,闭上了眼睛。"反正不会是你们公社的地球人。更有可能是像我们这样的人,在吃了那么多美味的有机食品后闯入这里。"

有什么东西在河里溅起水花,我就跳了起来。"我们应该做点什么吗?"

"放轻松。我们再走几百米就回到树林里了。我会躲在边上,看看有没有人跟踪我们。"

"再过一个半小时我们就到农场了,"保罗说。

"我会赶上你们的。留一部手机给我。"

我把我的手机交给了他。"按键1是打给保罗的快捷键。"

他对保罗笑了笑。"这意味着我们现在是两口子了吗？"

"仅限口头。我有伴侣标准。"

"两个避孕套。"他把电话放在衬衫口袋里。"我走之前会打电话的。或者我看到了什么也会打电话的。"

我们在树下休息了一会儿，然后不慌不忙地往前走去。当我们来到河流拐弯处的树林时，纳米尔悄悄地走进灌木丛，消失了。

达斯汀从我身边走过，站在纳米尔原来所在的位置上，朝纳米尔走的方向望去。"我印象深刻。"他低声说道。

我不确定这样做是否明智。纳米尔是我们中唯一一个看起来很危险的人。这在对峙中可能很重要。

保罗和我就像电影明星一样容易被人认出来，对很多人来说，我们是叛国的象征。与火星人合作，向他者屈服。达斯汀看上去像个大学生，而艾尔莎则像个时装模特。阿尔芭个子很小，看上去就像一个穿着警察制服的小姑娘，尽管防暴枪让她看起来颇具权威感。卡德看起来像个超重的好吃懒做的家伙，我猜他就是。

纳米尔的眼睛里有我们其他人所缺乏的东西，不是傲慢，而是一种发于内而形于外的自信、肯定，好像他什么都做过了，而且大部分都完成得尽善尽美。不过，昨晚在车辆调配场的时候，他告诉过我，卡德是那种你在酒吧斗殴时一定要提防的家伙。

体重大但速度不慢，很难击倒。

当然，你总是可以去不同等级的酒吧。

我一直对地球文化中——准确地说是美国文化中——关于酒吧文化的这一部分很好奇。我还没满合法饮酒的年龄就已经离开了地球，所以我混酒吧的经历仅限于加拉帕戈斯群岛上的一家啤酒酒吧、轨道希尔顿酒店和火星上的圆顶酒店。在火星上，实际上是在地球人的火星基地里。没有吵吵闹闹的醉汉，没有打架斗殴，只有偶尔为拼字游戏填入哪个单词而提高音量而已。我错过了所有酒吧应有的乐趣，但我知道不要和长得像我弟弟这样体形的人动拳头。

我都已经忘记了出去散步的滋味多么美妙——我的身体已经忘记了。尽职尽责地踩在阿德·阿斯特拉号星际飞船的跑步机上，今天散步，明天慢跑。但无论虚拟现实环境有多精确或奇特，都无法取代真实的东西。当我漫步在马里布海滩或吉隆坡的空中走廊时，我的身体知道我是一只待在星际飞船这个笼子里跑步机上的仓鼠。

我就这样走了大概有一个小时，思绪万千。每个人都不说话，也不聚在一起。我们尽量不引人注意，但又不鬼鬼祟祟，以防有人监视或跟踪我们。

然后熟悉的声音传来，是保罗在手机上使用的来电铃声，用玩具钢琴演奏的莫扎特钢琴曲。

他把手机放在耳边，低声说了些什么，然后摇了摇，又试了一次。

"手机快没电了吗？"我说。

"我不知道。我在车辆调配场使用闪充给它充了电，应该电量还比较充足。"

他耸了耸肩，把手机递给我。ON按钮闪着绿光。我把它贴在耳朵上。"纳米尔？喂？"除了白噪声什么也没有。

"他是不是不小心打开了你的手机？"

"看不出是怎么回事。"我把他的手机递了回去，"我的意思是，你可以打开手机，但你不会不小心拨出电话。"

"给我吧，"艾尔莎说，"嘘。"她塞住另一只耳朵听着。过了一会儿，她摇了摇头，把它递了回来。"如果手机是在他的口袋里，在他走动的时候，你应该能听到动静。"

"除非他一动不动。"我说。

突然响起了机关枪的声音，我们都吓了一跳。"只是一只啄木鸟。"阿尔芭说，"北美黑啄木鸟。"那是只大鸟，就在我们头顶上，羽冠呈鲜红色。

我拿起手机。"那我应该和他谈谈吗？"

艾尔莎点点头，仍然盯着那只鸟。"是啊。告诉他关掉手机。"

"你好，纳米尔？"我把他的名字重复了两遍，逐渐加大了音量。

"也许他不小心打开了手机，然后手机掉了？"

"或者出了什么问题。"保罗说，"所以我们要么回去看看他怎么了，要么在这里等他，要么继续前进。"

当保罗朝着艾尔莎看去的时候，她说："继续前进吧。"除我之外，大家似乎都没有异议。那个手机做过一些古怪的事情，但我不记得它曾自己拨打过电话。

河还有几处弯道，我们就快到了。比起从飞机上看，从地面上看，这些栅栏更令人敬畏。

我们在树林边上一个长长的空停车场里藏了起来，对栅栏研究了一番。在它的左右两边是玉米地，间隔均匀地种着两三英尺高的植物。农产品摊位空空如也，上面有一个手写的牌子，上面写着"世界末日停止营业"。没有看到警卫，但两个瞭望塔后可能有人在黑洞洞的瞄准孔后面。

这条路上横着拦了条链子，上面有个"封闭"的标志。"我们应该放下武器，走到门口去。"保罗说。

"我不知道。"达斯汀说,"不留点撒手锏吗?我们应该留个人备用。"

"只让女人们上前怎么样?"艾尔莎说,"卡门、阿尔芭和我放下武器,赤手空拳地走向他们,一丝不挂。"

"没门。"阿尔芭说。

"只穿内衣?"她咧嘴一笑。

"我没穿内衣,你知道的。"我说,"让我们还是谈谈'不带枪'吧。"

"我不带枪就像光着身子。"阿尔芭说,"但这是情理之中。"她脱下了她的警服上衣,而我脱下了从戴维营偷来的毛衣。在那件毛衣下面,我本可能隐藏比我的天赋更危险的东西。艾尔莎把她腰带里一直带着的手枪留了下来,就是保罗为了保护我用来杀人的那支手枪。

阿尔芭检查了她的手机,能接通保罗的号码。她让手机保持在通话状态,我们就出发了。尽管可能双方都盯着我们看,但我们尽量走得自然随意些。

这仍然是一条土路,但像柏油路一样硬。我问了阿尔芭这个问题。

"可能是激光熔融过的,"她说,"很多乡下人都是这样修路的。"

"很高兴知道他们有大功率的激光器。" 艾尔莎说。

"可能已经被出租出去了。"

"停在那里。"一个扩音过的男性声音说,"举起手来。"

我们离门只有大约一半的距离,大约50米远。门开了一点,两个人穿着厚厚的防弹衣,拿着突击步枪走了出来,其中一个向我们招手。

我们一直举起手向他们走去。他们没有拿枪指着我们,而是时刻准备着,男孩们称之为"持枪"。

"你们是从飞机上下来的。"其中一个男人说。

"没错。"艾尔莎说。

"其他人在哪儿?"

"该死,"另一个女人说,"你是火星女孩。"

"当我还是个女孩的时候,是有这么个外号。"我不假思索地说。

"你们还有多少人,火星女孩?"那个男人说,"你可以把手放下来了。"

"四个。"我们还没有讨论过是否要说谎。

"藏在树林里?注视着我们?"他的目光越过了我,望着林木线①。

"没错。"

"我想你应该说三个。"

"我们逮到了你们留在路上的那个家伙。"那个女人说。

"你们抓到他了?你们做了什么?"

"进去吧。"那人说。他把武器朝门的方向点了点。

"他是我的丈夫,"艾尔莎说,"你们对他做了什么?"

"在里面。"

我们进了门,发现四五十个人围成一个拥挤的半圆形,目不转睛地盯着我们。有几个孩子,甚至还有两个抱在怀里的婴儿,两条狗,没有枪。女人比男人多。

"你们所有人都在这里吗?"我说。

"你不需要知道。"那人说,但有几个人摇头表示并非如此。有人小声咕哝着"火星女孩"。这就是名人的代价。

---

① 林木线:指树木生长的上限。

飞向地球

一个身材高大的白人，头顶上童山濯濯，留着剪得短短的灰色胡须，走上前来。他看着那个全副武装的人。他的声音响亮而又刺耳："其他人在哪儿？"

"躲在树林里。"

"我想，他们仍然全副武装。"他指着阿尔芭腰带上的手机。"你想打电话叫他们进来吗？得像你们这样手无寸铁。"

"不，先生。我不能那样做。"

"你叫我'先生'，是吗？"他把手伸到后腰，拔出一支黑色的小手枪。他伸出另一只手，"把手机给我。"

她照做了，他看着手机显示正在通话中的绿灯，点了点头，对着绿灯说："你们有五分钟时间。别带武器进来，否则我就开枪打死这个黑人妇女。过五分钟，我就打死那个黑头发的。再过五分钟，火星女孩就只好去天堂了。"他举起枪，开了一枪，一声巨响震得四面的墙壁都嗡嗡作响，接着他看了看手表。他关掉手机，把它还给了阿尔芭。

"你是来真的。"她说。

"哦，我们总是很认真的，在滑稽农场。"

"我还以为你是水果农场呢。"我说。

"这是个笑话，以前'水果'是同性恋的意思。现在这一点都不好笑了。"

"我们本来打算加入你们。"我说，"但如果我们不受欢迎，我们可以大路朝天各走半边。"

"我们以后再谈这件事。"阿尔芭的手机响了。

"你可以接电话。"

她接通了电话。"你好……是的，他有。"她举起了手机，"他想和你谈一谈。"

"你的头儿？"阿尔芭耸了耸肩。"如果他想谈一谈，就必须到这里来。他有 4 分 10 秒的时间。"他看了看表，"你还有 4 分 5 秒。"

"我们有武器，"艾尔莎说，"但我们从未打算对你们使用武器。只是为了增加农场的防御。"她的声音刺耳而紧张。他能看出她紧张得要攻击他了吗？

他盯着她。"你觉得他们会怎么做？"

"里科，你为什么不换换花样呢？"一个头发花白的女人从人群中走了出来。"这不是办法。"

她双手叉腰站在他旁边。"我有个好主意。让一群全副武装的男人包围农场，然后威胁要杀了他们的女人。也许他们会把枪放在外面，然后进来聊聊天。"她向他走近了一些，"或者他们会像我认识的一些人那样，用他们的蛋蛋思考，然后翻过栅栏来射击，没有任何损失。"

"我本来不是真的打算——"

"我知道，但他们知道什么？"她向阿尔芭伸出手来，"让我跟他们谈谈，快点。"

她接了电话。"你好，你好吗？刚才跟你说话的那个混球不是我们的头儿。"

"你看，罗兹——"她给了他一个眼神让他保持安静。

"你们的人可以自由离开。"她对着手机说，"如果她们离开，我也不会怪她们。或者你可以加入她们，我们可以聊一聊。"她听了一会儿，点点头，"好的。你们谁是卡门？"

我伸出手，她把手机给了我。电话那头说话的是保罗。"如果我们进来安全的话,请告诉我我们初次邂逅的地方是哪儿。"

"加拉帕戈斯群岛。"我说,"但等一下。"我看着那个拿枪的男人,"你们对我们留下的那个人做了什么?"

"麻醉枪。他还在睡觉。"

"在事情进一步发展之前,我们想见见他。"

"很简单。"女人说。我跟着她来到最近的一栋楼,门上有个银色的字母 A。

纳米尔躺在窗户下面的一张小床上,没穿衬衫,脖子上缠着白色绷带。我把手覆在绷带上摸了一下脉搏。脉搏很规则,但很浅。"你是怎么让他先于我们到达此地的?"

"GEV。"她说,就是地面效应车。"我们带着他绕过了你们,沿着自动通道回到了这里。"

我问保罗他是否听到了这些,他确实听到了。"我们会把卡德和大部分东西一起留在后面。"

罗兹和我回到外面。"所以他不是头儿。那你是吗?"

她笑了。"从技术上讲,没有人是。这是民主无政府主义的天堂。但我今年被选为超级领袖,就是'同侪之首'。我会倾听每个人的意见,然后指出谁是错的。"

"你还有什么朋友活着吗?"

"有几个吧。当整个世界决定加入我们这种无政府状态时,这里的生活变得更简单了。

我们把所有的陌生人都赶走了,还炸毁了两座桥。人们可以找到我们,但并不容易。"

"所以高速公路上自动通道那一截一个人也没有?"

"对。如果坐飞机的话,谁知道没有卫星的指引怎么开飞机?你们真是让我们大吃一惊。"

"很高兴你没有把我们击落。"

"有两个人请求允许击落你们。但等我回答的时候,你们已经飞过去了。"

"你会怎么说?"

"奉上他们的人头,把尸体烹在锅中。"她微笑起来,"很明显你们会在哪里着陆。有一个望风的小分队开着地面效应车埋伏在树林里放哨,所以我打电话给他们,让他们去看看。"

"对于地球人来说,你们的装备相当不错。"

"嗯,我们有些人很实际。但是星期三大家都得回归自然,对吗?"

"他者是这么说的。他们又不是从来没有撒过谎。"

"等等,现在……火星女孩?你真的见过他者吗?"

"是的,但也不是。他们在玻璃后面,他们所处的环境温度为零下 200 度。他们通过中间人——密探——与我们交谈,但那像是事先录好的信息。历来如此。"

"在立体视频上,他们看起来就像大龙虾。"

"有点儿像。"相比之下,龙虾是他们的近亲。

"肯定很可怕。"

"我们很害怕。"但在某种意义上,我们对那种害怕的情绪全然陌生。无助,处于致命的危险中,但这是如此的不真实,以至于正常的情绪都陷入停滞之中,不能清晰思考。我记得在保罗的呼吸中闻到花生的气味。我好奇如果我们能闻到外星人的味道,他们会是什么气味,但是在寒冷的空气中没有其他气味,只有花生的气味。

当我还是个小姑娘的时候,有个笑话。你如何辨别出你在亲吻大象?答案是:你能闻到它呼出的花生味。

"你这里有立体视频播放器吗,以防他们再发消息?"艾尔莎说。

她点了点头。"有人一直在看。他妈的真令人郁闷!24小时播放新闻,但是没有什么是'新'闻。"

一个年轻人从门口的人群中走了过来。"他们有两个人已经过来了,罗兹。"我们跟着那个年轻人回到了门口。

保罗和达斯汀带着激光步枪。当他们到了离门口大约20英尺远的地方时,他们把枪放在地上,小心翼翼地继续往前走。

我跨进门口,保罗向我冲了过来。"你没事吧?"

"很好。纳米尔看起来没事,只是被麻醉了。"

"警用麻醉枪。"罗兹在我身后说道,并伸出手来。"奥拉莉·罗斯韦尔。他们管我叫罗兹。"

保罗透过门看着所有的人,点头,数着人数。"所以我想该你走下一步了,罗兹。我们现在该怎么办?"

她眯起眼睛看了看太阳。"吃晚饭还太早了。进来喝一杯吧?"留着灰色胡子的大个子里科看着他们对话,表情茫然。不过,当我们跟着她走时,他跟了过来。

餐厅的鼎盛时期已经过了几十年,里面的胶合板墙面已经变形开翘,墙上的绿色油漆褪色剥落。这让我想起了我小时候在自助餐厅里闻到的味道,一层层的陈年不新鲜的食物的味道。不过,我们穿过餐厅,来到了一个封闭的门廊,里面摆放着干净的蓝色塑料家具,四周的草地散发出浓郁的农场气息。

我们在路上相互做了介绍。原来他们很熟悉达斯汀。自从我们离开地球以来，农场里的人一直在密切注意着我们的命运。大家已经遗忘了他的父母作为持不同政见者离开水果农场这件事，他是出身农场的唯一的名人。

另外两位长者也加入了我们，把两张塑料桌并在一起。其中一个可能是男性，长得像幽灵，脸色苍白，又高又瘦，头上有一缕白发。

"我们离开时这栋楼还是崭新的。"达斯汀说，"我们这些孩子帮着油漆外墙。当时它是深红色的，像个谷仓。"

"我记得是红色的。"里科若有所思地说，"我大约10岁的时候，他们把它漆成了白色。"

"你离开地球后这里就被刷成了绿色。"脸色苍白的那位长者说，"在90年代的某个时候。谢谢，安娜莉斯。"一个十岁左右的女孩用托盘端来了盛满褐色液体的几个杯子，热气腾腾，散发着淡淡的香气。

"当然，我们不能在这里种植咖啡或茶，所以我们习惯了喝这种东西，加州小薄荷。"

我尝了尝，也许我无法习惯它的口感。"你说你们炸毁了两座桥，昨天吗？"

"停电几个小时后。我们得先护送一些一大早来的顾客出去。"

"你们只是碰巧有很多烈性炸药是吗？"达斯汀说，"你们知道怎么用炸药吗？"

"在我出生之前，我们就已经准备了很长时间。长辈们称之为'红色代码'。这要追溯到拉兹洛的叛乱时期，当时外界似乎有可能彻底崩溃，很有可能。"

"我是炸桥队的一员，"里科说，"我们四个人都受过长辈们的训练，知晓在哪里放炸药，如何起爆。他们也接受过他们长辈的训练，一代传一代。"

"幸运的是，这些炸药仍然有效。"

"是的。替代方向似乎更像一厢情愿的想法，而不是合理的设计。但是这种老式的炸药非常好用。"

"动静很大，即使在这里都能听到巨大的声响。"罗兹说。

纳米尔出现在门口，脚步虚浮，走路摇摇晃晃，一个年轻女子扶着他的胳膊肘。

"沉睡者醒了。"保罗说。

"我直接走进了一个陷阱。"他说，"你们刚一走远，他们就用麻醉枪给我来了一枪。"

"我们的好运和你的厄运。"那个女人说，"我试图瞄准你的肩膀，但你移动得太快了。要不然不会那么疼的。"

他假装亲热地拍拍她的背。"这是攻击我的人米切·奥纳达多。很高兴你没打中我的眼睛。"

我碰了碰他。"你现在感觉没事了吗？"

他对我笑了笑。"比没事好太多了。你刚才给我注射的是什么？"

"肾上腺素。你会感觉很好，直到没了药效。"

罗兹给他搬来一把椅子，"那么你们这群人有什么计划吗？"

达斯汀首先发言，"我想我们的计划是看看你们是否有计划。"

罗兹慢慢地摇了摇头，"这是一个农场。日历和天气为我们制订计划。"

"我们很了解农业。"我说，"如果你需要帮助维护星际飞船水培系统的话。"

"如果你没有其他事情可做,你可以在 20 平方米的土地上种很多东西。"达斯汀说。

纳米尔说:"我年轻的时候在以色列的集体农场里做了很长一段时间的自耕农。我可能还能熟练地使用铲子。"

里科对着他考虑了一阵子。"我想,我们宁愿让你暂时去巡逻。你有军事经验吗?"

"算有吧。"在他放弃军职之前,他是摩萨德①的一名上校。

"不像我们,他遭到过枪击。"达斯汀说,"艾尔莎和我也是美国的情报官员,但我从来没有射击过比靶子更危险的东西。"

"我也是。"艾尔莎说,"直到几天前。"

"就在昨天。"我说,"当你开心的时候,时间总是飞逝而去。"

"我听新闻上说了,"罗兹说,"你们有个同伴死了。"

"被流弹击中了。"我的声音哽咽了,"她只是站在厨房里。"

罗兹摇了摇头,说道:"抱歉。"

"可能还会有很多枪战。"里科说,"在所有人的弹药都用完之前。我们中不会有很多人能正常老死。"

罗兹疲惫地看了他一眼。"也许在这里可以。"

"你们一直在看新闻。"艾尔莎说,"一切都很糟糕吗?"

里科说是,但是罗兹摇了摇头说不是。"还有其他与这里情况类似的地方,他们自给自足,防守严密。俄勒冈州的尤金是离我们最近的地方。"

---

① 摩萨德:以色列情报机关。全称为以色列情报和特殊使命局,由以色列军方于 1948 年建立。

"你和他们有联系吗?"我问。

"只靠手机联系过。直到星期三。我和他们镇上的行政长官谈过了,他叫本杰什么来着?"

"斯威尼。"里科补充道,"本杰明·斯威尼。"

"我们决定每个月的第一天开一次会,坐在一起开会。从现在——六月一日开始算一个月。"

"你们打算见面谈些什么?"保罗问道。

她耸了耸肩。"首先,进行损失评估。看看我们有什么,以及我们如何互相帮助。"

"他们有你们没有的东西吗?"

"主要是书籍,不是电子书而是纸质书籍,成千上万本书。"

"究竟为什么有那么多书?"艾尔莎问道,"那里是博物馆吗?"

"我想那里以后会是博物馆,以及图书馆。现在那里是一个巨大的古董书店。几周前有一个立体视频专门介绍了那里。当时只是出于好奇。"

"可能每个大城市都有,"里科说,"但现在已经烧成平地了。所以尤金很特殊。"

我记得在我小的时候,爸爸带我们去圣彼得堡的一家大型纸质书店。即使在那时,我也很少为学校做报告。书店的主人在非洲死于蚊虫叮咬,我猜是在找书。

"我想我们应该和他们谈谈彼此交换。"罗兹说。"我们有很多书,几百本。不过,有用的却没多少。"

"要步行很长时间吗?"我问道。

"一个星期左右。这取决于我们走的路线能不能少走点弯路。"

"你可以坐飞机去。"保罗说,"我可以在20分钟内把你送到那里。"

她歪头看着他。"那得费不少事吧?"

"如果飞机没有损坏,只要把它调头就行了。要用五六个人吧。只要自动通道的直线距离超过四分之一英里,我就可以轻松起飞。尤金可能有机场。"

里科说:"去看这些书还挺麻烦。"

"趁我们还能坐飞机就不妨坐飞机去,"保罗说,"不然过几天就要变成废铁了。"

"你认为坐飞机安全吗?"脸色苍白的长者说。

"不安全。可是现在呢?"他朝他咧嘴一笑,"作为一架飞机,当然,它足够安全。它把我们带到了俄罗斯,然后途经马里兰返回。它可以到达俄勒冈州,如果没人把它击落,而且火星的能量还能继续工作的话。"

她眉头紧锁。"如果停电了,你能滑翔着陆吗?"

"也许吧。有紧急机械连接到操纵面,但你得找个平坦的地方,离这里不太远。"他环视着我们周围的群山。"它会下降得非常快。"

"所以你会这么做?"里科说。

"当然。"他回答得有点太快了。"什么,我害怕吗?"

"我们也许应该用它来获得一些比书本更有用的东西。"另一位长者说。

"我可以驾驶飞机飞到你们想去的任何地方。"保罗说。

"我们需要的不多。"脸色苍白的那位长者说,"做子弹用的铅、底火、火药……全部用于重装弹药。你知道有什么地方我们可以进去买一些,或者以物易物?"

飞向地球

"在这个星球上没有,"罗兹说,"和其他用于求生的物品一样。即使你能找到这样的地方,你会用这些东西来换钱吗?"

"也许我们不应该飞到任何地方去。"里科说,"不要提醒人们我们在这里,过着自给自足的和舒适的生活。"

"暂时如此。"脸色苍白的那个人说。

一个小女孩走上门廊,一脸忧虑。她默默地举起了手。

"怎么了,比特?"罗兹疲惫地说。

"有人想和这位女士谈一谈。"她指着我,"这位火星夫人?"

"我们不是告诉过你不要接电话吗?"

"他没打电话,超级领袖。他出现在立体视频上。"

"他长什么样?"我问道。

"我觉得他是个僵尸。他看起来不像真人。"

"主语是第三人称单数时,否定句要说 doesn't 而不是 don't。"罗兹纠正了孩子的语法。她牵着孩子的手,我们跟着她们穿过有气味的自助餐厅,进入一间有着高高的窗户和中央立体视频播放器的黑暗房间。在立体视频上,出现了密探的形象。

"这孩子说你看起来像个僵尸。"保罗说。

"洞察力真强!我的确不是真的活着。"

"你就在附近,"我说。因为他的回答没有滞后。

"够近的。须臾便至。旅途愉快吗?"

"变故多多。你一准儿知道。"

他点了点头。"你们去了俄罗斯,回到美国,威胁要杀了总统,然后逃到这个田园天堂。你们想知道总统的安全人员是否在追捕你们吗?"

"你能告诉我们真相吗?"保罗说。

"问埃庇米尼得斯①吧。他们不是在追你们。戴维营的情况有点混乱,更不用说华盛顿了,但如果你们回去,他们可能会给你们颁发奖章。"

"那总统呢?"我问道。

"从某种意义上说,他被软禁起来了。士兵们正通过手机与昔日的敌人谈判。这一切都非常亲密,民主起作用了。"

"我们星期三还会停电吗?"罗兹说。

"就我所知是的。你宁愿早点吗?"

"晚一点就好了。"我说,"好像一点都不失落。如果是要给我们教训的话,我们已经学会了。"

"'不要和外星人搞在一起'?我想你已经学到了。但我认为实际上这并非教训。有人想和你谈谈。"

他的形象从立体视频上消失了,另外出现了一个人。我一开始没认出这是谁,他看上去有点像那个脸色苍白的长者,但头发更多,一头浓密的美杜莎式的白发披散开来。

然后他说话了,但嘴唇丝毫未动:那是月亮男孩,憔悴不堪。

"你看上去气色不错。"他说。

当我像金鱼一样瞪目结舌的时候,纳米尔找回了他的声音:"月亮男孩。你已经被冰封了。你不可能活着。"

他者选择了月亮男孩来代表他们速冻动物园里的人类,尽管按照

---

① 埃庇米尼得斯:克里特哲学家、预言家、著名作家。他说了一句很有名的话:"我的这句话是假的。"这即是埃庇米尼得斯悖论,这句话是无解的,是一个自我指涉引发的悖论。

我们的标准,他在精神上和情感上都完全无法胜任这一角色。

"就智力发展而言,我比你们任何一个人都更有活力,我的神经突触反应速度更快,我的记忆也不受有机因素的限制。我再也不会发脾气了。"

他的额头上仍然有一块伤疤,那是在月亮男孩打断了他妻子艾尔莎的鼻子后,达斯汀用台球球杆打他留下的。

"你和密探有什么不同?你像密探一样与他者联系在一起,在他们方便的时候存在。"

"我们共有的历史让我与众不同。直到昨天,你们中间还有一个爱我的人。"

"你觉得怎么样?"纳米尔说,"关于梅丽尔已经死了的事实。"

他慢慢地眨了眨眼睛。我不认为他用它们来观看。"我怎么能对事情有感觉呢,纳米尔?就像你说的那样,我早就死了。"

你的死亡可不同于梅丽尔的死,我想。我手掌上的水泡至今还在刺痛,那是我们用铲子为她挖墓时磨出来的。

"我不只是他者的代言人。"他说,"我可以和你们实时交流。当我为他们代言时,我会举起我的手,就像这样。"

他举起右手,然后把它举得高高的。"你们提出了一个有趣的问题,我们已经见过你们五个人了。"

"我们很有趣,这多好啊!"纳米尔说。

"还有什么我,月亮男孩,记得,有个来龙去脉……"他摇了摇头,皱着眉头,"……话语的宇宙?他者与人之间,不仅仅是捕食者和猎物的关系。"

"你会吃掉我们吗?"纳米尔说,"这澄清了一些事情。"

"我知道那只是诙谐。我警告你不要用它。你不会想让我误解你的。"

月亮男孩把手放回了原处。"我对你们想说什么就说什么,当然他们会偷听。你们有什么问题吗?"

"很明显,"保罗说,"当他者抓住你并把你冻住的时候,我们离这儿差不多有 25 光年的距离。当他们把我们送回来的时候,好像时光根本没有流逝,但是地球上已经过去了 25 年。"

月亮男孩点点头。"两个 25 年,用于往返的时间。"

"他们给你传输他们的念头是瞬间完成的吗?还是你已经思考了四分之一个世纪?"

"没有明确的答案。以你衡量时间的方式来计算的话,确实只需要一瞬间。但在此期间,我思绪万千,以一种我感知时间的方式。对不起,我不太清楚。时间本身并不是你所想的那样。"

事实上,这和他之前活着时一样清楚。但在飞船上待了几年之后,他开始失去时间感。然后他在他和艾尔莎做爱的时候打断了她的鼻子,从那时起,事情就急转直下。

在某种程度上,那似乎是几个星期前的事了。但我想时间并不是我想的那样。"从什么意义上说,他者是捕食者?"我问,"我们是怎么成为猎物的呢?"

"你们提供新的东西。"他说,"任何新的有机体都有。但能与周围环境交流的群居动物,则为我们增加了另一个维度。"

纳米尔说:"既然我们已经不是新面孔了,那么现在他者可以放过我们了。"

"你们对所发生的事情做出的反应总是新的。还有很多反应值得研究。"

"等他们了解够了呢?"我说。

"当你在学校上生物课时,解剖过一只猫。"我记得和他谈过这件事,我点了点头。"在你对这只猫了解得足够多了之后,你对它做了什么?"

"它不再是一只完整的猫了。"

"我想不是。"他从屏幕上消失了。

纳米尔说:"这提供了有用的信息。"

密探再次出现在屏幕上。"这可能不是我们最后一次想和你们进行交谈。请待在立体视频接收器附近,或随身携带一个小的接收器。这样事情就更简单了。"

"在停电以后也这么干?"纳米尔紧握双拳。

"我们可以凑合着用。"他忽闪了几下,然后从屏幕上消失了。

"我不知道这是否意味着他们最终会离开,"保罗说,"一旦他们了解够了人类。"

纳米尔说:"把我们肢解成碎片后留在解剖台上。"

我们在装有立体视频播放器的房间里等了几分钟,以防密探杀个回马枪。然后,保罗和纳米尔与地面效应车上的两个家伙一起去清理飞机,假如飞机还没有被人抢走的话。

保罗说他会从飞机上找一个便携式立体视频播放器,以防密探什么时候心血来潮想跟我们说说话。

与此同时,我们其余的人则忙于打扫住处。那是一间本来只住了一对夫妇的小木屋，他们搬出去的时候比我表现得更为优雅。我们设法在屋里打了三张地铺，还有两张大床，对两个不介意有身体接触的人来说足够大了。门廊上有一张摇摇晃晃的桌子和四把椅子。最近的厕所在一百米开外，但房间里有一个水槽和三个装水的加仑罐。里科给我们找来了各式各样的床单、毛巾和枕头。

我们边休息边等着清理飞机的人回来。我睡在一个地铺上，虽然很累但并不困，真高兴睡觉时能有个枕头。

他者为什么联系我们？只是为了确保我们知道他们在监视我们？如果他们没有在监视我们，我们会感到惊讶。我在脑海中重温了和月亮男孩的简短对话。

他们利用我们来收集新的体验。他们以前告诉过我们吗？我真希望雪鸟还和我们待在一起。或者黄色家族的成员是更为理想的选择，他们和他者有更直接的联系，尽管我不确定他们是否更了解他者。

我们应该给在新西伯利亚的雪鸟打电话，告诉她所发生的一切。等纳米尔回来，连接好与俄罗斯联系的电话系统。

除了关于收集"新的东西"，我们还学到了什么？不要跟他们开玩笑，这很有用。月亮男孩声称感知时间的方式与我们不同，但这可能是所有死者的真实情况。

他直接替他者说话，或者作为他者说话，他说了些什么？他举起手来，"话语的宇宙"将我们和他们连接起来。我们分享的东西，作为捕食者和猎物吗？然后他把手放下，警告纳米尔不要开玩笑。他者还通过他说了什么吗？

当然，没有理由认为月亮男孩说的是实话，或者即使他说的是实话，那也是为了帮助我们。甚至在他死之前，也很难弄清楚他那精神错乱

飞向地球

的脑袋里究竟在想些什么。

我睡着了，梦见一段关于他的回忆，那是在他崩溃之前，在阿德·阿斯特拉号上。他在键盘前作曲，他总是戴着耳机悄无声息地默默作曲。但在梦中，他大声地反复弹奏着同样的四个音符，一遍又一遍，毫无皱纹的脸上，一副贝多芬式专注的表情，相当可怕。这些音符的音量和乐句从未改变。有人曾经说过，这是精神错乱的功能定义：一次又一次地做同样的事情，总是期待不同的结果。

晚餐欢乐而又喧闹，虽然有些混乱但令人愉快。用大铁锅在户外的篝火上炖了满满一锅菜，还有一小锅鹿肉辣椒，辣得我泪汪汪的。还有好几大盘玉米面包和饼干。

我们总共有89个人，几乎所有人都在同一时间吃东西，大多是在外面的门廊上，或者三三两两地坐在门廊后面杂草丛生的草坪上。人们喝马黛茶①或一种有柑橘味的含糖饮料。除了最小的孩子，每个人都自助取餐。

在狭窄的星际飞船上待了几年之后，和很多人一起吃饭还是让我很紧张。不过，这种热热闹闹的家族聚餐比我们刚回到地球时的正式晚宴要轻松得多。大家都盯着我们，不断猜测。

在这里，我们是来自外太空的入侵者，这些人很少看到他们大家庭以外的人。当孩子们盯着我看时，我也盯着他们看。

---

① 马黛茶：又叫马黛树，是用巴拉圭冬青的叶子制成的饮料，是一种源自南美的富含咖啡因的泡腾茶，也叫"耶稣会茶""巴拉圭来的茶"以及"传教士的茶"。

我想知道我自己的孩子——不是在我们登陆地球之前通过火星时差与我交谈的那对 54 岁的双胞胎——而是那些在成长过程中几乎不认识母亲的孩子。当我离开阿德·阿斯特拉号的时候，按地球时间算，他们已经 3 岁半了——按火星时间算，还不到 2 岁。他们这一代人都是由专业的父母抚养长大的，所以不管我当时感受如何，这并非遗弃孩子。我看着这些女人在这里责骂孩子，或跟孩子一起玩耍，或为她们的孩子瞎操心，我感到一种空虚。这种空虚是艾尔莎和阿尔芭体会不到的，她们的心里没有需要填补的空洞。

但我甚至不是亲生母亲，只是偶尔玩弄结果的基因供体。如果女人十月怀胎然后分娩，然后看着它——她身上掉下来的肉——获得一个独立的人格，并走向世界，那么对这个女人来说，这种缺失会有多严重呢？那会让她的心里空落落的。

我们再也不能交谈了。永远不会呼吸同样的空气，感受同样的重力。

他们可以读到关于保罗和我的一切，想必他们已经读过了。我们在星际飞船上过着紧张的温室生活，其中的每一个临床细节都可用于检查。也许因为任何人都能读到，他们就不会去管它了。

假设公共记录也是公开的，至少我不会用性方面的几何形状来娱乐观众，那是艾尔莎和梅丽尔曾有过的有趣体验，但她俩都没有孩子，因此不会有后代因为母亲的行为而感到尴尬。

清理飞机的男人们在晚餐时回来了，带来了飞机似乎没有被碰过的好消息；它仍然被锁着，毫发无伤。他们带来了其余的武器和火药弹药。(名叫"惠姆-奥"的长者负责回收弹药，但他的底火用完了，那是一种压在弹药筒底部刺激发火的金属小玩意儿。没有底火，就无法击发子弹，所以在理论意义上的愿望清单中，底火名列前茅。跟它一样被人渴求的还有 U-235 和魔法石。)

保罗把便携式立体视频播放器放在一个亮橙色的海上救援背包里。他们还搬空了飞机上的酒柜，里面大部分是满瓶的威士忌、朗姆酒、杜松子酒和伏特加。有些人显然在回来的路上偷喝了几口，但小心翼翼地没破坏包装。

对魔鬼的佳酿是应该保存、当场喝光还是全部销毁，进行了一场喧闹的表决。某种形式的共识智慧占了上风，他们给成年人每人分了一盎司，给孩子们每人留了一盎司。那些十几岁的孩子们对此表示反对，但在某种程度上，这种特殊的吸引力安抚了他们，让他们心平气和：在他们18岁生日时，他们会得到别人求之不得的东西。

我选了一盎司朗姆酒，但把它给了保罗。并不是我不想要，但这并不能让我放松，却能让他放松下来。

达斯汀之前告诉过我们，惠姆-奥收藏了一架望远镜，那是在达斯汀幼年时他们在拍卖会上捡到的古董。他拥有用望远镜看星星、月亮和行星的美好回忆。晚饭后，我们手持蜡烛，走在满天星斗的夜空下，来到玉米田另一边存放机器的大棚里。

小屋的可折叠屋顶吱吱嘎嘎地滚进了钢轨棚架，那台古董望远镜就在那儿，一根大约一英尺宽的黄铜长管在烛光下闪闪发光。它被安装在一个沉重的黑色铸铁物体上，但平衡得非常好，你可以不费吹灰之力就能轻松移动它。我们吹灭了所有的蜡烛，以保证夜视的清晰。

惠姆-奥使用一把很大的黄铜钥匙给一个弹簧驱动的时钟装置上弦，这个装置滴答滴答地移动黄铜长管，这样它就可以慢慢地跟踪星星。

他用一个装在大望远镜旁边的小望远镜对着它。首先，我们眺望了天王星，他警告说天王星不会给人留下太深的印象，这是轻描淡写的说法。天王星是颗蓝绿色的小球，在黑暗中闪闪发光，还有两颗黯淡的星星，他说那是它最亮的卫星。海王星要过几个小时才会升起，但反正也没什么好看的。几年前，你可以看到它最大的卫星，海卫一，但他者在2079年炸毁了海卫一，为主要的表演热身。

（惠姆-奥似乎对他者炸毁了地球的卫星月亮感到极为不快，这使他失去了望远镜最令人印象深刻的目标。）

我们观察了几对星系，模糊遥远的椭圆星系，还有一个明亮的双星系统，好像爆发出伽马射线什么的。然后他把望远镜指向火星。

我不得不拼命眨眼好忍住眼泪。它一点也不像我们从近地轨道上看到的那个熟悉景象——这个毛茸茸的球体太偏向橘黄色，也太模糊了。但是很清楚的是，白色的极地冰帽和火星北半球大流沙地带的黑暗"大陆"，以及广阔的海勒斯沙漠，下面就是火星人的居住之地。有个陷阱伺机而动，他们和我们都没有任何理由怀疑这一点。

其他人看完之后，我又回去盯着它看了一会儿。这也许是我最后一次看到我的家园所在的星球。

我们还有孩子和孙子在那里，我依然对此充满希望：他者让他们保留了赖以生存和呼吸的技术。

不管大众媒体怎么说，他者对我们并不仁慈，但也不是虐待狂。比中庸更不可思议。如果这对结果有影响的话。

我们看到了一些更模糊的毛球般的星体，遥远的星系没有我们之前看到的那么令人印象深刻，还有几缕星际云。确切地说，这并不无聊，但天空中似乎充满了明亮的星星，那更有趣。但我想再看看火星。我向他问起这个问题，他轻声笑了。

"嗯，说实话，我想让你们都参与实验中来。我想让你们几分钟之内不要看任何明亮的东西。

"你们知道怎么找到北极星吗？"

保罗已经向我们展示过怎么做了，我让艾尔莎来回答。在星空找到北斗七星后，顺着勺口外侧两星的连线，向外延长约 5 倍的距离，便可找到北极星。

"看那儿，告诉我你们看到了什么。"并不多。北极星很明显是蓝色的，但不是很亮。小熊座里的其他星星甚至更加黯淡，看起来一点也不像北斗七星。

达斯汀首先注意到了这一点。"更暗。"

惠姆-奥说："没错，那里星斗稀疏。但还有什么？"

"没有月光。"他说，"有……那个方向没有那么多月球碎片？"

"根本不算多。如果你用望远镜朝那个方向看，天空明显要黑一些。已经这样好几天了。

"现在往上看。"我能看到他在指指点点。"双子座和金牛座，昴宿星团。"

"那儿要亮得多。"我说道。

"比以前更亮了吗？"

"比以前更亮，我敢肯定。"他说。

"这么说，尘埃正在远离天极。"保罗说，"向赤道移动吗？"

"在我看来是这样的。"

"所以地球会像土星一样，有一个光环？"达斯汀说。

"我不太懂天文学。我只知道怎么使用望远镜。"

"保罗？"我说。他的天体物理学博士学位可是新鲜出炉刚刚到手啊。

"我对太阳系的研究不多，但我的直觉告诉我，这需要更长的时间，至少几百万年。

"地球年轻时可能有过光环，可能拥有过几次，又丢失了几次。没有太阳和月亮的引力的话，光环的引力不稳定。"

"土星有带光环的卫星，"达斯汀说。

"但与土星相比，它们并不算大。月球只有地球的四分之一大。"

惠姆-奥说："那么，既然月球不在那里了，也许地球会有个光环？"

"值得密切关注。"

"这样我们就可以离开地球了，对吗？"他的声音里有一丝兴奋。"作为一名太空飞行员，我得说……如果所有这些月球碎片都集中在一个圈子里，你就能避开它，不是吗？"

"我想，从理论上讲，你可以直接进出。把你的宇宙飞船瞄准某个地方，然后直接飞到那里，但事实上你不得不待在地球轨道上。这条轨道定义了一个穿过地球中心的平面，它会有两个地方穿过光环。"

"你就不能，例如，飞到北极，然后笔直地向上飞吗？"

"如果你可以带着大量燃料到达北极的话，当然可以。用你们养的马和牛换几条神骏的雪橇狗吧。"

"我会和罗兹谈谈此事的。"

保罗沉思了一会儿。"你可以做到的。你知道，为节约起见，太空港靠近赤道，利用地球的自转来增加发射速度；但如果你不得不从极点上发射，你也可以做到。"

"不过，你需要电。"

他耸了耸肩。"思想实验。就像儒勒·凡尔纳[1]所说的大型化学烟火。再说了,可能会恢复供电。"

"一旦他者和我们玩够了,觉得我们了无新意。"我说,很多谈话就是这样结束的。

我们点了几根蜡烛,走回主要建筑,屋里很安静,孩子们都进入了梦乡。大人们围坐在一起聊天,在烛光下喝着葡萄酒,质朴而又浪漫。

保罗和我做了些直白的暗示,在其他人上床之前,我们在小屋里有了一点隐私。

和他独处时,我没有时间去想我是多么想念他身体的那个部分,他也心领神会。我们拿男人的性行为开玩笑,好像它只是刺激、反应和液压技术,但保罗对我一直很温柔而又甜蜜,也许太温柔了。

我已经不是第一次对艾尔莎和她的两个男人有点嫉妒了。对达斯汀倒没那么多嫉妒——我想那是因为我已经有个哲学家了。纳米尔是个巨大的未知数,谁知道他能干些什么。他有着强壮而又结实的手臂,还有深邃而又忧愁的眼睛。

---

[1] 儒勒·凡尔纳:19世纪法国小说家、剧作家及诗人。

11

第二天早上,吃着鸡蛋和法式土司玉米面包的早餐时,罗兹提出了一个建议。"首先,我四处征求意见,大家都赞成邀请你们加入我们。"两位老人和她一起点了点头,头上的白发飘摇,就像白羽的鸟儿。

"里科肯定施加了一些压力。"我说。

"他一次也没见过防暴枪。要用防暴枪的话,他不得不带上你,阿尔芭,还有你身边的所有人。"

"很高兴能帮上忙。"她说。

"说到帮忙……趁飞机还能飞,你们有什么计划?"

"每种可能性都有利弊。"保罗说,"我想侦察一个大城市,比如洛杉矶,但我们很容易受到地面火力的攻击,而且我可不想把飞机停在机场。"

纳米尔说:"我们正在讨论将其用于再补给。你们还有什么富余的物资,可以用来换你们所缺乏的东西?"

"我们缺少的大部分东西都是奢侈品或稀世珍宝。奢侈品还是算了吧,但我们想要先进的医疗用品和设备,如果有人愿用它们交换苹果酒或牛肉干的话。"

"也许几个月后有可能。"纳米尔说。

"我们确实收到了那个奇怪的以物易物的提议。"她说,"换书。

纸质印刷书籍。"

"远到需要飞过去吗？"保罗问道。

"在俄勒冈州的尤金，大约 180 英里。我给他们打过电话，算是睦邻友好跟邻居打打招呼之类的。"

"要是走路过去可算得上是长途跋涉。"

"昨晚我又和他们通了一次电话，他们都对你们离我们这么近感到很兴奋。"

"那里有个有趣的家伙，他开了家大商店，叫兰尼借阅图书馆。有成千上万本的纸质书籍。他把它们借出去或卖掉。这些书突然变得很值钱了。"

"无价之宝。"我说。一旦云关闭，有多少书会从这世上消失得无影无踪？

"兰尼真的想和你们谈谈，谈谈他者和所有这一切。只要花一个下午和他在一起聊聊天，我们——你七个人，我们三个人——就可以带走所有能带走的书。"

纳米尔说："几百本书，值得占用飞机吗？我们本可以利用这时间去突袭医院什么的。"

"医院现在可能都空无一人了。"我说，"那些没有武装看守的医院。"

"此外，"阿尔芭说，"一本传统的医学书籍将比一些必须插上电源的诊断机更有价值。"

保罗站了起来，"我们去做吧，在飞机成为无用的纪念物之前。"

我有点担心自己正在天上飞的时候它成为一件纪念物，但它不会变得更安全。

我们带着两架滑翔机去飞机停放的地方。长者们留在了地面上，因为觉得要搬很多书的话，还是去几个身强力壮的男人比较好，于是选出了里科和一个叫斯塔克的小伙子，个子高高大大的。为了保持平衡，保罗让他们分别坐在飞机的前部和后部。

我们用滑翔机很轻易地让飞机转向，然后我们把滑翔机留给了长者们处置。飞机滑行了一小段距离，在微风中起飞，平稳地穿过了山口。

保罗沿着自动通道系统先向东飞，再向北飞，穿过了几缕云彩。来自农场的地球人被眼前的美景迷得目瞪口呆。只有里科以前坐过飞机，而且那时他还是个小孩子。

大约半小时后，我们下了飞机，保罗先是听从飞机上导航仪用机器声音发出的指令，然后遵循手机里某人发出的指令。他控制飞机朝一个长长的绿色长方形区域斜掠而去，那是兰尼图书馆附近远郊的一个休闲区。

我们从南方过来，刚好经过欢迎我们的委员会：三辆军用卡车，卡车旁边的旗杆上倒挂着美国国旗。保罗控制飞机着陆了，然后转头向他们滑行。

有两男一女穿着军装，看起来很危险。我看见保罗站起来，啪的一声按下了放下舷梯的按钮，往他的束腰外衣里塞了一把手枪。纳米尔则带上了一支激光步枪。

士兵们——如果他们以前是军人的话——欢迎了我们，把我们扶上了一辆卡车的后座，车上有两张没有坐垫的长凳，上面积满了灰尘。

在围栏的另一边，大概有一百人在围观。他们很安静，没有朝我们开枪。

这辆卡车有帆布顶和厚厚的金属车厢，钢制后门为通风而敞开着。

飞向地球

我们的司机是位女士，她说兰尼家离这里只有十分钟的路程。另外两辆有炮塔的卡车一前一后把我们这辆车夹在中间，开始风驰电掣。

这是一趟快车，极为颠簸，在一条直路上开了7分钟，最后在路的尽头转了个弯。

那儿有几十幢看起来一模一样的建筑，不高但很结实，闪闪发光，没有窗户。在我看来这样的建筑充满未来感。兰尼家就是其中的一幢。罗兹认为它们是"世纪之交"的产物。我们的目的地有一块大大的白色木牌，上面用彩虹色印着"LLL"。一个男人站在门口，黝黑的脸上挂着灿烂的笑容，满头白发，蓬乱卷曲，这一定是兰尼。他微微鞠躬，把一只胳膊伸到敞开的门口，"欢迎来自外太空的游客。"

里面是一堆过时的印刷书籍，各式各样，像万花筒般让人眼花缭乱。看上去没按什么特别的顺序进行陈列，实际上只是一排被清理的走道。书架上的书从地板一直堆到天花板，书架上有高高的梯子，放在滚轴上，看上去摇摇欲坠。这些书貌似有序，相似的被装订在一起。

在戴维营的书房里，有律师必读的书籍，这些书上的灰尘被掸得干干净净，历经总统的更迭交替，但无人开卷阅读。有时你会在学术机构目睹同样的情形，在我那个时代，这是学术连续性的象征，而不是学习的实际工具。

在阿德·阿斯特拉号上，我们有一个小书架，里面装的都是真正的书。纳米尔还随身带着一本莎士比亚十四行诗，是用皮革装订的。他的新婚妻子在死于欣嫩子谷惨案之前把那本书给了他。

书籍的摆放确实有一定的秩序感。有一处收纳的主要是历史书，而另一处收纳的主要是烹饪书、数学书或小说。有台咖啡机摆放在化学书和诗集之间，装上软垫的椅子摆放在咖啡机周围。我们落座于此。

"我可能活不了多久了。"兰尼说着,慢慢地挪进一张塞满垫子的躺椅里,"我的心脏上安了个芯片,停电后不久就开始心绞痛。"他像赶蚊子一样挥了挥手,"但是我已经花了一生的时间和财富来满足我对各种各样东西的好奇心,现在没有任何理由停下来。"

兰尼说话的时候,一个穿着燕尾服的白人老头用托盘端出咖啡杯和点心碟,招待我们大家。"当然,我主要是对他者感到好奇,也好奇你们认为事情会朝哪个方向发展。"他看着纳米尔。

"好吧,这是世界末日,不管他们做什么。旧世界已经彻底消失了,即使他者消失而且再也不会回来。"

"有些事情我们永远无法确定。"我说道,"它们可能消失一万年,然后又回来,把我们所做的一切都毁掉,我们所做的任何事情。"

"以自卫的名义。"保罗说,"就像这次一样,没有防御措施。"

兰尼说:"所以我们日复一日地生活,就像我们中的一些人一直以来做的那样。很快,幸存到第二天就会有更多的问题。这一直是人类的状况。"

"是的,但我们曾经是创造大师,"达斯汀说,"进化的顶峰,食物链的顶端。从哲学上讲,这是他者造成的主要差异。"

"达斯汀,哲学现在可能是我们的重要武器了。"纳米尔说,"我们就指望你了。"还有他从来没用过的博士学位。

兰尼说:"物理武器似乎只会惹恼他们。或者在这方面你们有什么锦囊妙计吗?"

纳米尔和保罗相互交换了一下眼色。"我们永远不知道他者什么时候在听我们说话。"保罗平静地说,"也许他们一直在监听。所以你没法让他们措手不及、大吃一惊。"

"你们身在此处,他们怎么能听到你们说话呢?"兰尼问道。

艾尔莎说:"在我们那个时代,国土安全部就能做到此事。从街对面,也许从轨道上,将一束相干光从窗户上反射出去,然后分析其振动。"

"这里没有窗户。"我说道。

她说:"可以清楚地看到前面的显示窗,所以只要从噪声中获取信号就行了。"

"不过,他们甚至不需要那么做。"保罗说,"他们想让我们到哪儿都带着一台立体视频接收播放器。"他举起亮橙色的背包,"它不应该是一台发射器,就像滑稽农场里的那台发射器一样。但他们通过这个玩意儿与我们对话。"

"这让我想起美国国家航空航天局的车辆调配场。"我说,"在没有触碰电视机的情况下,他们设法打开了电视机。他们是怎么做到的?"

"用遥控器。"卡德说,"我的意思是,电路就在那里。这不是魔法。"

"从轨道上遥控吗?相当复杂的工程,"保罗说,"我们不知道他们的极限是什么。"

"比如,我们知道他们的速度不能超过光速。"达斯汀说,"但他们能以我们无法理解的方式处理时间。

"尽管地球上已经过去了将近25年,但我们从他们的星球回来似乎根本没花什么时间。这并非一种主观的感知——我们生命维持系统中的植物没有死亡。

"如果你把植物的生理机能——或者我们的生理机能——看作是一个慢时钟,那么,在这25年里,它几乎停滞不前。"

"你怎么解释这回事?"兰尼说。

"那是他妈的魔法,"卡德说,"如果你想要个准确点儿的说法。"

达斯汀笑了。"瞧瞧理论物理学家和数学物理学家用它做什么,那会很有趣。不过,他们只有一周的时间来考虑这个问题。可能还需要一个世纪才能有研究成果。"

"所以在某种程度上,他者确实超越了光速。"兰尼说,"或者你们和你们在星际飞船上种的胡萝卜及其他所有的蔬菜都超越了光速。你们的人生过了 25 年,你们却没有长出一根白发。"

"也许不会比光'更快'。我真希望我原来上物理课的时候能更专心一些。"保罗说,"在我看来,你能以光速旅行的唯一方法就是以某种方式让时间停止。"他耸了耸肩,"光子不会老化。"

"如果你走得比光还快的话,"达斯汀说,"时光就会倒流,结果就会先于原因出现。"

"这意味着什么?"我问道,"事情在开始之前就发生了吗?"

"很难想象。"他承认道。说的好像他只要有支铅笔就能把这样的场景画出来似的。

兰尼说:"如果他们能做到这个地步的话,那么与他们斗争就毫无意义了。"

"假设他们不能,"纳米尔说,"或者即使他们可以……颠覆因果关系,我们知道他们没有使用这项权力,或者还没有。"

"也许他们使用了。"兰尼说,"他们犯过错误吗?"

"当然,"我说,"他们本可以毁灭整个人类,记得吗?如果保罗没有阻止他们的话。"

"我无意冒犯。保罗,但是有另一种看待此事的方式。你用飞船把他们的宇宙定时炸弹带到了月球的另一边，拯救了我们。但是月球后来的命运如何？如果他们今天再试着这么干一次呢？"

"说得好，"保罗承认道，"这么说他们是在测试我们？"

"或者只是想吓得我们屁滚尿流。谁知道他们为什么要这么做？这就像问'为什么地震会袭击旧金山？'那里有那么多人。"

"我们必须假设他们做事是有原因的。"纳米尔说道。

"那是什么意思？"兰尼说，"我们可以说'地震袭击旧金山是因为这座城市建在断层线上'，或者'上帝因为他们吃中国菜而用地震来惩罚他们'，或者地震发生是因为所有的金矿开采。你选择的原因取决于对这个问题你掌握了多少信息和有多少偏见。你有多少关于他们的真实信息？"

"主要是推论。"达斯汀说，"他们对我们说的所有内容，你可以用几台屏幕来演示，其中有些是故意误导。"

"密探显然是关键。"保罗说，"假设他们竭尽全力，能随时随地监视我们，那么他们其实并不需要密探提供信息。"

"他是一个暂时性的联系人。"我说，"对他们来说，使用我们的时间与我们实时交谈是很方便的。"

"你确实和他们交谈过一次。"兰尼说，"当你们置身于他们的星球上的时候，对吗？"

"那时我们有密探。"我说道，"我们说些什么，然后等几分钟，他们会通过密探进行回答。"

达斯汀说："即使只是说是或不是，他们也得花上几分钟的时间来作答。更复杂的回答不会花太长时间，但显然他者预先录制了数十亿种回答，所以只要按下数十亿个开关中正确的那个就行了。"

"有很多事情要处理。"兰尼说。

"他们的思考速度比我们的快得多。"他说，"比我们想象的要快得多。飞虫-琥珀是这么说的。当我们去跟他者会面时，他是和我们在一起的另一个火星人。他是研究他者的常驻专家。"

"他知道得极少。"保罗说，"但并非一无所知。"

"这太令人沮丧了！"我说，"就像所有黄色家族的火星人一样，他与生俱来地就有与他者沟通的能力——"

"天生就懂得他者的语言吗？"

"比那更奇怪。更像生来就有第六感，但直到被触发时你才会意识到。"我努力回忆他是如何描述这种第六感的。"他自己也搞不懂他者想要传递的信息是什么意思。他说，这就像能够完美地说一种语言，但只是模仿而已，活像只鹦鹉。"

"在俄罗斯的火星人，有黄色家族的成员吗？"

"我们没碰到过。"我说，"在火星上我们没办法和他们进行交谈。"

那个时候谁说话都成了我的耳旁风。我的脑子里乱哄哄的，我意识到我可以在夜空中看到火星——可以看到我的家人和朋友所居住的星球散发的光芒——所以理论上我可以和他们交谈。但理论并非实践，通信卫星已经被炸成了尘埃。没有我在身边的时候，他们都会变老并且死去。

如果他者已经中断了对他们的电力供应，或许他们已经死了，和所有的火星人以及火星上的其他人类一样。

我本应该问问密探他们是否还活着。但如果我问了，我又会怀疑是否应该相信他的答案。

白人管家回来给我们重新斟满了咖啡。当艾尔莎想喝点更有劲儿的东西时，他拿了一瓶白兰地端了过来。这引发了一些关于阿德·阿斯特拉号上生活条件的讨论，提醒我要感激地心引力，我还喝了一杯真正的咖啡豆冲泡的咖啡，泡咖啡的水从未经过我们的体内循环。

"咖啡可能比书更有价值。"兰尼说，"4月28日，我收到了两吨咖啡烘焙豆，就在他者中断电力供应的前一天。地下室里堆得满满当当。"

"让每个买咖啡的人都买本书。"达斯汀说。

"用什么支付？"保罗问道。

兰尼摇了摇头。"实物交易很快就会变得复杂起来，尤其是书。我可以用一首诗换另一首诗，或者用两首小诗换一首长诗。但是一只鸡可以换多少本书呢？还有我应该把鸡放在哪里呢？"

"在第一节。"艾尔莎说，"或许那就是鸡蛋。"

他对这句话充耳不闻。"我们现在基本上是在以物易物的体系，但它是以钱为基础的。你带来价值20美元的书，我给你10美元的等价物作为交换，或者5美元的现金。逐步淘汰实际现金价值，但它仍然是交换单位。"

"那加州纸币呢？"罗兹微笑着说道。

"有助于个人卫生。"加州州长已经授权印刷纸币，以某种神秘的方式得到了该州自然资源的支持。但这些钞票都没有流通到滑稽农场。

兰尼从他前面的衣服兜里掏出一沓钞票，整理了一下。"我昨天有笔交易使用了加州纸币。一加州元给他十美分，在这里。"有一处比其他地方都绿得多，标着"一百加州元"。图案上印了个戴着牛仔帽的粗犷男子，经确认是罗恩·里根。小字说明它在宇宙的任何地方都可合法使用。

"这样就方便了,"保罗说,"一旦我们和他者谈妥了这笔买卖,全银河系的杂货店里都能摆满加州柑橘。"

我们聊了几个小时,以满足兰尼对我们飞往沃尔夫 25 号以及与他者见面的好奇心。大约有一半的时间,我们只是谈论我们遥远的过去,我们是在 21 世纪的后半叶长大的。

大约 60 年前,他者第一次出现。

没有多少人记得那时成年后的日常生活,那时没有悬挂在天空中的达摩克利斯之剑。那时我们过着"日常生活",没有厄运的困扰。

兰尼说,从他记事起,自杀就一直是儿童和成人死亡的主要原因。他出生于 2068 年,就在欣嫩子谷惨案之后。他身为犹太人的母亲在他一岁之前就自杀了。他从小到大都深受父亲强烈的无神论思想的熏陶,从未想过要远离它。

他推着购物车领着我们逛商店。罗兹有份潦草的名单,上面列出了"滑稽农场"图书馆的所有书目。

有些选择显而易见,比如医疗手册和一套 5 卷的期刊合集——《狐火杂志》——价值极高。那是 20 世纪农村生活问题解决方案的概要,从接生到下葬全都囊括其中,技术含量比较低,其中还有如何养鸡、建熏制室、采掘野生植物、制作班卓琴,等等。制作班卓琴的部分引起了纳米尔的兴趣。在星际飞船上的时候,他曾做了把俄式三弦琴以便消磨时间,但把它留在了轨道上,想稍后把它送回地球。但现在已经粉身碎骨、化为乌有了。

兰尼打开了一个玻璃柜,从 1889 年开始,给了我们一本厚厚的医学著作,是 1889 年出版的《医学实践》,那时抗生素还没有问世。

有些药的使用更像出于迷信而不是出于科学,手术无异于痛苦的屠杀。

我们的麻醉剂能维持多久?足够撑到我在需要它们之前死去吗?

保罗明智地选择科学和工程书籍的分类。兰尼给了他一个叫作"计算尺"的东西,还有个文件夹,里面装着说明书,泛黄易碎。计算尺是块长一英尺的黄色金属板,上面印满了数字。保罗眯起眼睛看了看,然后移动中间的横杠,告诉我 100 的立方根是 4.64。我想那迟早会派上用场的。

经双方同意,所有人都能选择两本书,无须讨价还价。我得到了那本厚厚的旧诗集,那是在我们全家搬到火星的前一年一直滋润我心田的精神食粮——帕尔格雷夫编的《英诗金库》,和一本小字印刷的莎士比亚全集。罗兹的书单上已经有了莎士比亚的作品,但里科说这是简化版的儿童读物。

儿童书籍大约装满了手推车的一半空间,内容既有教科书,也有游戏。在没有立体视频的情况下抚养孩子将是一个挑战。我想象自己是个老太太,围着篝火讲故事吓唬孩子们。这场景真令人不安,不过到那时他们应该不会那么容易被吓到。

其中一件无价之宝是一套 30 卷的大英百科全书,出版于 2031 年。它曾是一件珍奇的历史文物,是非卖品。但当云不复存在时,它将是我们所拥有的一切,一个用手指驱动的纸质存储器。我决定每天读 5 页,那将让我花上 8400 天。所以当我读完这套书的时候,我会比现在大 23 岁,也会更聪明了。生存手册占了整整一章,其中写作者尽心竭力,但大部分内容是无用武之地的,要么明显很痛苦,要么依赖于我们过去认为的基本技术。例如女童子军手册——《女孩指南》,里面有关于如何在森林中生活的有用建议，讲的是离开家出去开心地玩上一周；而我们真正需要的是一本关于如何从零开始重建文明的书，但如果有的话，它已经被借出了。兰尼有了个好主意，让他的印刷机能发挥其实际用途。试着把所有让滑稽农场运作起来的事情，以及滑稽农场运行过程中犯的所有错误都归纳总结到一起，然后把它打印在一张纸上，两面打印。把副本送到沿海地区，送到平原地区，这样人们就不必重新发明轮子了。我们坐了下来，在兰尼的帮助下，做了一张图表，列出了文明带来的好处。

他在一个三英尺高的平板屏幕上勾画出图表的轮廓，用手指在单词周围画圈，而一个十几岁的男孩用铅笔在纸上画了一份副本。它看起来确实很奇怪，但很快就会被印到纸上了。我们最好是学习如何制造这种东西。

大约 20 分钟后，我们都掏空了脑子，然后静静地看着这东西。这张图表上漏掉了重要的东西。

"艺术在哪里？"我说。

里科疑惑地看着我，"谁？"

"那里没有艺术的空间……或者科学。"

"或者哲学。"达斯汀说，"所有这些以后再说吧。"

"她说得有道理，"兰尼说，"如果你所做的只是种庄稼、运水、在头上盖个屋顶，并击退其他野蛮人，那你是什么？"

"成功的野蛮人。"达斯汀说，"难道你宁愿成为一具有教养的尸体？"

"现实点,"罗兹说,"我们在农场里完成了多少艺术和科学工作?"

"我们需要多少艺术和科学?"里科说,"我们不完全是艺术群体。我们有立体视频来跟上科学的步伐。"

"曾经如此。"罗兹说道,"也许艺术会自行流传下去。人们画画并创作音乐。但是科学技术……一百年后会是什么样子?当所有获得科学学位的人都死了以后?"

兰尼说:"我想你需要每一门学科的通用教科书,然后对高级教科书精挑细选。"

"土木工程学,"达斯汀说,"我们过去称它为自相矛盾的术语。建筑、道路、下水道,选化学工程而不是纯化学,这样的精挑细选。"

"你们可以慢慢选,无须顾虑时间。"兰尼说。

"我们不可能找到记录最新技术的纸质书籍。"保罗说,"2063年我拿到学位的时候,我就没看到一本这样的书。"

"大学也是如此。"兰尼说,"如果你现在想在图书馆里看纸质书籍,你必须去预订室或特色馆藏,并且戴上手套。我在这里看到的唯一一批新的纸质书籍是为收藏者印刷的礼品或物品。

"我开这家店,最早的书源是来自图书馆的书。早在2021年,大学图书馆就开始实现无纸化,止损抛售书籍,按磅计价。"

"在大萧条时期。"管家说。

"是啊,我父亲在房地产行业发了大财。他死后,我得到了这幢楼和足够的钱,买书来装满这幢楼。"他笑了,"当时是2121年,我刚满42岁,并不是我迷信。

"我认为在2121年之前,世界经济是处于中央控制之下的。在那之后还会有经济学书籍出版吗?宏观经济学的儿童花园?"

兰尼拿着纸质的图表带着我们在书店里转了一圈,并帮我们挑选了一些旧的学术书籍。它们既没有太过时的内容,也没有因为纸质太脆弱而无法使用。至于要不要选择电子和计算机科学方面的书籍,他们有所争论。达斯汀认为它们就像一本"如何包裹木乃伊"的书一样无用。但他们在一些常规文本和一张满是神秘符号的挂图上做出了妥协。

保罗认为要选科学方面的书籍,我对保罗的立场有同感,尽管我自己是个无用的文科生。谁能从零开始解码所有这些东西呢?也许一百年后电力就会恢复。

人们可能记得如何打开电灯或机器,但谁能修理或更换它们呢?

一名身穿制服的士兵冲了进来,向兰尼敬礼。"先生,加利福尼亚州有……他们轰炸了边界。"

兰尼觉得难以置信。"在俄勒冈州边界吗?"

"他们说,是整个边境。地狱炸弹,遍布该州边界。"

地狱炸弹会释放强烈的辐射长达多年,而不会造成任何其他损害。

"'加利福尼亚州是加利福尼亚州人的加利福尼亚州',"兰尼引用道,"他们离我们够远吗?不会伤害到我们吧?"

"你能探测到,先生,但只是勉强能探测到。我们测量了一到两毫克。十倍当量也没关系。"

"他在上次选举时威胁要这么做。"阿尔芭说,"但我们认为那只是孤立主义言论。"

"他真的有足够的地狱炸弹吗?"达斯汀问,"他需要每5英里左右就投一个炸弹。"

"他们的标准有效半径大约是5英里。"纳米尔说,"所以每10英里就会投一个炸弹。"

飞向地球

"你能在炸弹投放区域上面飞吗？"里科问道。

"没问题。"保罗说，"见鬼，如果你开得够快的话，你可以在一两英里以外的地方开车经过一个炸弹。"

"如果你不打算要孩子的话。"纳米尔说，"你在一英里外就会被灼伤的。"

"没有人会步行越过边境。"保罗说，"也没人会在边境附近定居。我想滑稽农场已经够远的了。"

"除非他朝我们这边扔过来一个炸弹。"里科说道。

"不太可能。"罗兹说，"他疯了，但他的疯狂状态有点像我们。一切回到初始状态。"

"他在马里布①有豪宅。"里科说，"我不知道他是否轰炸了与太平洋的边界。"

"他没有，先生。"士兵说，"只是与其他州和墨西哥之间的边界。"

"太好了。"我说，"如果飞机坏了，我们可以劫持一艘船。"

保罗摇了摇头。"妈的。我们有什么？罗兹，你们有多想回去？"

"你们有充分的理由到别的地方去。"她承认道，"可是我们不行，这是我们的家园。"她看了看其他三个人，面色阴沉地点了点头，"我想我们只能听你的了。"

"哦，我会载你们一程。但我们其他人怎么办呢？是在加州待上几年，还是趁我们还能出去的时候出去？"

---

① 马里布：位于洛杉矶西部，是洛杉矶最富裕的几个城市之一，也是一座美丽的滨海城市，拥有21英里太平洋海岸线。很多好莱坞明星和演艺界人士居住于此。

"周三之后,地狱炸弹还管用吗?"我问。

"炸弹里面不用电。"纳米尔说。

一阵尴尬的沉默后,兰尼说:"你们不能待在这里,你们会使我们这儿的人口增加一倍多。"

"滑稽农场可能是最适合你们的地方。"罗兹一边说一边指着图表的中心,"那里有食物、水和住所。"

我感到越来越令人窒息的恐慌。被困在几英亩农田里?在曾登陆过两个星球和经历了一小部分星际空间漫游之后?

保罗看了我一眼,我看不懂他眼神的含义。他想要什么样的生活——有孩子、有庄稼、有家务的生活?

"我想我们该走了。"他慢慢地说,"让我们把这些书搬到滑稽农场去,然后决定是留下还是去……别的地方。"

我的脑子一片混乱,或者更确切地说,像鹅卵石在罐子里滚来滚去格格作响。即使让我选择,我也不知道该怎么做。回到农场,留在尤金,去海边,去山上?滑稽农场是个避难所,也是个陷阱;是个藏身之地,也是众矢之的。

好吧,第一步,我们确实必须去那里。然后也许起飞,向东边飞?而不是被关在一个有辐射的精神病院里。

兰尼帮我们把书装进布袋和塑料袋里,袋子上有书店的标志,"专为大批量顾客预留"。我们打开立体视频,看到州长正在发表慷慨激昂的演讲。我们把书装到卡车上,然后把车开向田野。

围观的人越聚越多。当我们放慢速度穿过大门时,他们中的一些人对我们大喊大叫。但他们没有武器,至少没有开枪。我不能怪他们怀恨在心。但我们并不是真的在逃跑,只是像热锅上的蚂蚁,从一端

飞向地球

爬到另一端罢了。

我们把几袋书均匀地堆放在头顶的架子上。卡车的载货区堆满了我们带来的武器、弹药、食物和水,即使我们把它从农场带来却徒劳无功,也让人安心。

当门轻轻关上,隔开了人群的嘈杂声时,我放松了下来。喷气式飞机排出的气流声令人欣慰。我们在松软的地面上颠簸了半分钟,然后浮到空中。

"需要提升一些高度。"保罗通过对讲机说,"当飞越炸弹所在区域的时候,我喜欢待在几英里开外的地方。"他在离开的时候曾提及了这一点。地狱炸弹落下的方式使得它们造成的辐射不会浪费在天空上,大部分辐射是水平散开的。但在纵向一英里左右的地方,辐射依然十分严重;此外,炸弹可能会斜着降落或翻倒在地。

这架飞机没有安装辐射探测器。但如果我们的皮肤开始起泡,我们就知道受到了辐射。

保罗说,当我们接近加利福尼亚州边界时,我们的高度为15000英尺,超过4千米。

很容易就能看到地狱炸弹被投到哪里了。一个黑点变成一个棕色的圆圈,然后变成黄色,最后变成绿色。

州长提前一个小时给他的公民发出了警告。不带任何财产的话,有足够的时间快速逃离。

我们飞越边界几分钟后,椅背上的平板显示屏闪着光亮了起来。脸色苍白的密探出现在屏幕上,微笑着。

"他者认为这个阶段的实验已经结束了。你们可能应该开始找个地方降落。"接着屏幕一片空白,与此同时,飞机的引擎也突突响着停止了运行。

保罗回头看了看过道。"系紧安全带。在我们撞到地上之前，做好防撞姿势。我的意思是着陆。"

"坠机姿势？"里科问道。

"双脚并拢，膝盖并拢。"他转身对着控制杆，然后大喊道，"双手放在膝盖上！把头低下！"

"还有滚你的蛋吧。"达斯汀吼道。

12

飞机倾侧急转,令人头晕眼花,以一个陡峭的角度向下坠落,然后突然一颠,平面滑行了一会儿。不是真正的水平,我可以看到下面的树木变得越来越大。空中的尖叫声越来越响,音调越来越高。我看不出保罗想飞到哪儿去,我脚下全是森林和起伏的山丘。

我们后来得知,保罗的目标是霍尔斯托克镇,当密探告诉我们他们正在中断电力供应时,霍尔斯托克镇是唯一可见的市区。不过,它离我们还是太远了,有几英里呢。

当飞机一头扎向地面,地面上的飞机投影变得越来越清晰的时候,仍然看不到路,我顺从地摆出适当的姿势,弯下身子,紧握双手,闭上眼睛,收紧臀部。他的目标是一小段的乡间小路,笔直的部分不到一英里。

我们重重地撞在砾石路上,两个轮胎都爆炸了。回头看看小路,你可以看到我们在不到一百码的地方打滑,沙砾四处喷洒。

当飞机左翼尖撞上一棵树时,飞机仍在飞速前进。我们转了半圈,另一边的机翼插进了地面,飞机侧翻了两圈,撞进了一片松树林。

我所记得的就是我的脸撞到了屏幕上,但屏幕并没有破碎。我想我只是昏迷了一分钟左右。醒来时浑身疼痛,颧骨上有伤口,血淌了下来,再流下了下巴。我的嘴里满是血,上门牙和下门牙都撕破了我的嘴唇。我的左眼肿得闭不上了，血从左膝淌下来。我闻到了松树的气味。飞机发出滴滴答答和嘎吱嘎吱的声音。

肩膀不舒服，但我的手能动。我打开安全带锁扣，试着站起来。飞机倾斜了大约 30 度。我可以看到，在我身后的一扇窗户被一根粗大的树枝或一棵小树穿透了。阿尔芭的座位就在那里，她显然已经死了。她对面的男人也死了，他是滑稽农场的志愿者之一，他的脖子扭曲成一个怪异的角度，下巴已经撕裂了。

我向驾驶舱走去，对保罗有可能失去生命做好了心理准备。那里几乎没有灯光，挡风玻璃和侧窗都掩映在绿色中。

保罗满脸是血，软绵绵地垂在座位上，仅靠安全带维持着坐姿。但我一碰他，他就发出了呻吟。

"保罗？保罗，你能听到我说话吗？"

一只眼睛眨了眨缓慢睁大，眼白在鲜血的映衬下显得格外渗人。他用双手在脸上揩了揩，然后盯着手上的血。"搞什么鬼……我们的人有伤亡吗？"

"我不知道——是的，至少有两个人死了。"

"帮我打开。"他试图解开安全带上的锁扣，但手指上沾满了鲜血滑溜溜的。当锁扣终于咔嗒一声打开时，他半瘫到我身上。

他小心翼翼地摸了摸自己的脑袋。"见鬼，我的飞行头盔在哪儿？"

飞行头盔就在他的脚边，我把它递给他。他把麦克风扭了过来。"紧急求救。紧急求救。"然后他使劲摇了摇头，扔掉了麦克风。

我扶着他站了起来。"对不起，亲爱的。"他说，"降落的跑道不够长。"我们回头向过道望去。

在飞机后部，纳米尔趴在达斯汀身上，给他口对口地做人工呼吸。

飞向地球

罗兹躺在过道的另一头，昏迷不醒，也可能已经死了。卡德的头顶上有一道伤口，艾尔莎正在用一只手轻轻为他用纸巾擦拭，她的另一只胳膊无力地垂在身边。

"里科在哪里？"保罗问道。

"在这边的座位下面。"艾尔莎说，"他滑下去了。"

"飞机急剧下降。"保罗喃喃自语。我跟着他走到那儿，看到了尸体。他要么没有系好安全带，要么就是安全带失灵了。

他的身体已经滑到他前面的座位底下，但他的下巴卡在了椅子的底部，脑袋留在了后面。

他看上去一点儿也不真实。另一个叫斯塔克的人也不真实，他的嘴巴张得大大的，他睁着眼睛，但眼神变得空洞无比，没有了神采，他的生命已经消逝了。

保罗跪在罗兹身边，耳朵贴着她的胸口听她的心跳。"心脏还在跳动。找些水过来吧？"他又爬到纳米尔和达斯汀面前。我找到瓶水，打开了瓶盖。

我试着往罗兹嘴里喂些水，但水没有顺着嗓子流进去而是从嘴角流了出来。然而，当我往她脸上泼了些水时，她有了反应，缩了缩身子。

"你还好吗？"真是个冰雪聪明的问题。

她睁开了一只眼睛。"还行，但是你看起来糟糕透顶。"她咳了一声，用胳膊肘撑起了身子。"我想我断了一根肋骨。"她用手捂住嘴咳嗽了一阵，然后看了看手。"不算太严重吧。里科怎么样？"

"死了。他死了。"

她摇了摇头。"上帝啊，里科。还有人不幸遇难吗？"

"斯塔克，阿尔芭，也许还有达斯汀。"

"我们想在这该死的东西爆炸之前离开吗?"

"不会爆炸的。"保罗说道,没有回头。"飞机是以氢为动力飞行的。"

当然,这全是火星人的魔法,这种技术也许能以蘑菇作为动力。我回到座舱区域,按了几次红色的开门按钮。我的指关节很疼,双手都在流血。"这扇门打不开了。"

"看看你能不能把其中一扇窗户上的密封胶条扯下来。就是那边机翼上的那扇窗户。"罗兹的指甲比较长,所以她能把胶条抠下来。窗户底部有一条红丝带,上面用不同的语言写着"拉和踢"。我们俩一起顺着带子扯了扯,发出了咔嗒一声。我飞起一脚,把窗户踢了出去,结果窗户在下坠的时候,重重地撞击了我的小腿。

"拿上武器出去。"纳米尔气喘吁吁地说。他刚刚停止给达斯汀口对口地做人工呼吸。"会有人过来查看情况的。"

"达斯汀怎么样?"我问道。

"他还在呼吸。"纳米尔说着,把一支冲锋枪推到了过道上。我捡起枪,忍痛把头和一边肩膀穿过枪带,背好了枪。我把双腿伸出窗外,跳到折断的机翼上,然后滑到了地上。尽力不让枪管戳到泥土里。

有只鸟叽叽喳喳地叫着,叫声冗长而又单调,犹如责骂。

但除此之外,只有风吹过松林的飒飒声和飞机残骸发出的微弱金属噪声。空气中散发着灼烫的金属气味和刚犁过地的那种土腥味。

我往后退了几步,看到了让我们机翻人亡的这条路的全貌。树苗折断了,指向这边。在森林的腐殖土中出现了三个深坑。从这个低角度,我看不见保罗之前想走的路。

里科和斯塔克死了,也许达斯汀也要死了。也许离我们最近的医疗援助就是滑稽农场了。农场在五十多英里以外的某个地方。

飞向地球

"别开枪!"一个女人的声音从不远处传来。

"我不会开枪的。"我说,"你在哪里?"

一个穿着棕色直筒式连衣裙的灰发女人从浓密的荆棘后面走了出来。"你们的飞机失事了?"

不,这是我们喜欢的着陆方式。"断电了。他者提前几天中断了电力供应。"

她看了看手腕上的手表,点了点头。"先是该死的州长,现在是该死的外星人。接下来就是地震了。你是美国国家航空航天局的工作人员吗?"

我还穿着美国国家航空航天局的工作服,但是上面血迹斑斑,还沾了些别的东西,不可能通过安检。"不。我是他们的贵宾。"这解释很空洞,或者至少并不充分。

"飞机上还有其他幸存者吗?"

我点了点头。"有些人受伤了。附近有医院吗?"

"镇上有一家医院,离这儿有六七英里。不过请到这里来,我们在这条路的尽头有间小屋,可以帮你们清理一下伤口。"她走上前伸出手来,"杰曼·乐娜。"

我握了握她的手,她没说出我的名字,这让我松了一口气。"其他人需要的不仅仅是清理伤口。帮帮我救救他们吧。"

"看看我们能做什么。她和我年龄差不多——我说的是30多岁,而不是80多岁——身材结实,肌肉发达。

当我们回到飞机上时,罗兹正在树下休息,纳米尔站在飞机下面,帮助保罗把达斯汀抬下机翼。达斯汀醒着,但脸色苍白。

"我们认为他的肋骨和锁骨断了。"纳米尔说道,然后他向那个女人打了个招呼。"你好!"

杰曼做了个自我介绍,然后说:"我们可以给他在地板上打个地铺。恐怕我丈夫得睡在床上,他身体不太好。"

"他怎么了?"我问道。

"炸弹落下时,他正骑着摩托车从镇上回来。他没有死,但他被烧伤了。"

"他当时离炸弹投放的地方有多近?"纳米尔问道。

"我不知道。这跟遇到爆炸不一样。离得够近了,他能感觉到热量在他体内灼烧。"

他脸部肌肉抽搐了一下。"飞机的急救箱里可能有一些治疗辐射的药物。不过,他应该去医院。"

"急救中心更近,但我想那里会人满为患。"她走上前去,搀扶住达斯汀,让达斯汀搂住她的肩膀。"来吧,现在就走。"

保罗从机翼上滑了下来,非常敏捷,看上去好多了,脸上的大部分血都被擦掉了。艾尔莎笨拙地退到窗外,她的左臂吊在胸前,是用一件衬衫临时做成的绷带吊着。

"卡德会没事的。"她对我说,"他头晕,我叫他休息一会儿。"

"我会回来找他的。"我说,"让我们跟着杰曼到她的住处检查一下伤势。"

"我就在这里等着吧。"纳米尔说着,靠在机翼上放松了身体,将他的机关枪支撑在触手可及的地方。"如果你有铲子的话,我们需要一把。"

"我们有两把铲子。"杰曼说,"先照顾好生者吧。"她走开了,轻松地搀扶着达斯汀,顺着一条辨认不出的小径走去。

他们的小屋离此地只有几分钟的路程。它与树林融为一体。走近一看，可以看到粗糙的原木，原来是正在褪色的塑料假树。

屋子前面停着两辆三轮摩托车，散发出一股我从小就记得的怪味。"这些摩托车是以汽油为动力行驶的？"

"等我们能找到汽油的时候就用汽油作为燃料。怀里卡有个地方有时会有汽油。让我先进去。"我从她手里接过了达斯汀。她砰砰地敲了三次门，然后轻轻地把门打开。"别开枪，是我。我们有客人了。"

里面的人说了些莫名其妙的话。"我们听到的是飞机坠毁的声音。"她打开门，站在门口。"有些人受伤了。"

她丈夫从黑暗中走出来，站在她旁边。他手里拿着一支猎枪，向外张望。"你们在投下炸弹的飞机上。"

"我们没有投下炸弹。"保罗说道。

"肯定是什么人干的，千真万确。"黑洞洞的枪口指着我们的大致方向。

"我是个医生。"艾尔莎说。"我应该看看那些烧伤。"

"什么烧伤？"

"你的左脸。杰曼说你曾接近过一颗地狱炸弹。"

"你对此无能为力。"

"也许我可以。"她朝他走去，他把枪放在了门的里面。她拨开他的头发，仔细端详他的皮肤，把她的手背贴在他的脸颊上。

"这里疼吗？"

"不算太疼，一点点吧。"

"肚子不舒服吗？"

"有点儿。"

"你应该躺下来休息。"艾尔莎对杰曼说,"护理中心应该有口服骨髓兴奋剂。为了安全起见,告诉他们,他离得很近,晒伤了。"

她点了点头。"该死的州长。"

那个男人咕哝着说州长是个好人,杰曼翻了翻白眼,对他说:"躺下。"

"我们最好自己去那个护理中心。"艾尔莎说,"那是在怀里卡吗?"

"不,就在霍尔斯托克的路边。不过我想得走上几个小时,有六七英里呢。先进来喝一杯吧。"

我们跟着她进了门。小屋只有一间房,收拾得很整洁,有两张床、两把椅子和一张桌子。有成箱的食品和干货,还有一箱被打开的弹药。

"我的祖父母在 79 年买下了这个地方,那时火星人刚来地球。"她走到水槽前,使劲地晃动了几下把手,水就涌了出来。她把水槽上的四个杯子装满了水。

"这么说你在那架飞机上是执行美国国家航空与航天局的任务?"

"我们想去滑稽农场。"罗兹说,"你知道它在哪儿吗?"

"算是知道吧,但从来没有去过那里。现在去那儿得步行了。"她把装满水的水杯递给我们。

"你知道我们该走哪条路吗?"保罗抿了一口水,然后把杯子递给我。

"我曾经去过那里。"那个男人说,"把地图给我。"

杰曼从抽屉里拿出一张塑料地图,男人展开了地图。他揉搓了一下想要放大图像,但当然丝毫也不起效用。

"幸好有照片。"他嘟囔着,把一根粗粗的手指伸下去点着一个偏僻的地方,"你沿着砾石路走大约三英里,在那里砾石路与双车道相交成一个丁字路口。在路口向右转，一直走就会到霍尔斯托克。主街上有急救室。不知道你会用什么来买单。"

"我们会和他们商量出结果的。"罗兹说，"我们从那里向南走吗？"

"除非你是只鸟。十字路口在镇中心，那是县 2031 号路。你可能想往北走，那就向左拐。向右拐会带你去怀里卡。我在那儿听到了枪声，我就转身逃了。"

"但向左边走就会走到州边界了。"

"是啊，你不会想走那么远的。"他把身体凑近手指按在地图上的地方，"这里的黑色虚线是消防道路，砾石路，不明显。你沿着它走 8 到 10 英里，就到了 241 号自动通道。"

"今天早上，我们就是从这条路起飞的。"保罗仔细看了看，指了指蓝线穿过 241 号自动通道的地方，"那是经过滑稽农场的那条河。"在地图上长约一英寸。"那是什么，50 英里？"

"总之，有 40 英里吧。相当多的小山丘。"

"我们有很多空水瓶。"我说，"介意我们在这里加满水吗？"

"没问题，随便装。"她说，"你们在滑稽农场有吃的吗？"

"有 80 英亩的农作物。"罗兹说。

"嗯，你可以带一些我们的食物去那里，"她说，"但你记得我们，对吗？也许某天我们会去敲你们的门求援。"

"我们会记住的。"罗兹说，"我想现在世界就是这样。"

"天助自助者。"她盯着罗兹说，"但我们都是上帝的工具。"

我们把飞机残骸里所有对我们或我们的东道主有价值的东西都拆

了下来。我们把驾驶舱后面飞行员用的折叠床给他们撬了出来；除了水，他们还给了我们一盒脱水应急食物，分量足够我们吃上几天了。吃完这盒食物以后，我想我们得射一只鹿或者抓几条鱼。杰曼给了我们一些鱼线，纳米尔和达斯汀都对钓鱼略知一二。

保罗坚持说我不用帮忙挖坟墓，我也没怎么反对，因为我的手掌擦掉了皮，火辣辣地疼。艾尔莎剪掉了翻起来的皮，用纱布把伤处包扎起来。

我帮忙用美国国家航空航天局的蓝色毯子把阿尔芭、里科和斯塔克的尸体包裹起来，其他人则用镐和铲子在盘根错节的土地上挖坑。

他们对防暴枪和阿尔芭的拇指进行了一些相当可怕的讨论。它必须先成功读取阿尔芭在手枪手柄上的拇指指纹，才能开火。我们不知道传感器在没有电源的情况下是否还会继续工作。纳米尔研究了传感器，然后用螺丝刀和六角扳手让它失效了。这东西只能开一枪了，但你需要开几枪呢？

她是基督徒，所以我们临时制作了一个十字记号，杰曼朗读了圣经。里科和斯塔克是无神论者，但是罗兹引用了释迦牟尼的话，为他们的黄泉路送行。

我们自己的旅程不应该耽搁太久，但我们都筋疲力尽，太阳也快下山了。骨折的艾尔莎和达斯汀得到了杰曼丢弃的旧床。我们把杰曼为达斯汀做的地铺交给卡德使用。在我的帮助下，艾尔莎设法单手缝合了他头部的伤口。

卡德看起来伤得并不太重，但他沉默寡言，似乎也愣愣地没听懂别人讲话。也许他的意识还停留在他的其他化身中，这具躯壳看起来像阿尔芭、里科和斯塔克一样了无生机。

他独自坐在小屋的门廊上，我拿了一杯茶走到他坐的地方。当我把茶放在他旁边时，他没有反应。

"差点处理不了。"我说。

"差点？"他惨笑了一下，一脸苦相，"我以为我做的任何事都不会比我在火星上做的更疯狂。但是，也许不是火星——也许是你。在你回来之前，我过着平静美好的生活，但现在一切都搞得乱七八糟、混乱无比，到处都有人濒临死去！"

"卡德，喝点茶吧。"

"但这是真的！如果你没有偶然发现火星人，他们还会躲在火星地下，我们就不会让他者他妈的干每一件该死的事。"

"火星人所在的地方与我们近在咫尺。就算我没有无意中发现他们，别人也会发现他们的。"

"但其他人没发现。整个他妈的枪战全都得怪你。"

我自己倒是也这样推理过。"那你建议我怎么做？"

他擦去眼泪。"如果你有一台时间机器，你可以回到过去，然后在它启动回程之前自杀。"

"当然，那行得通。"

"这可能会行得通。"他把手伸进夹克口袋，掏出了一把左轮手枪。

我跳了起来。"卡德！"

"噢，别担心。"他把枪口对准太阳穴，笑了起来。"看。"他扣动了扳机，一声巨响。

"你应该看看你现在的脸色。"

我想不出说什么或做什么。他拿出一盒子弹，笨拙地把其中的六颗子弹安进弹巢，有两颗子弹掉了下来，但他没有理会它们。他把枪放回口袋，泪如雨下，却带着微笑，踏上了通往飞机残骸和坟墓的小路。

我在边上站了几分钟，等着那声枪响。保罗走出房门，走到了门廊上。

"你弟弟在哪儿？"

"我不知道。"我说，"我不是他的监护人。"

13

我排在第二班站岗放哨。中途，我看到了奇怪的东西。起初，我还以为那是一颗流星，在所有的闪光中明亮而又慢慢地闪烁着。但它的光芒没有熄灭，它一直在稳定地发光。后来，我在北边的树林里失去了它的踪影。那是一颗旧卫星吗？

卡德从那天晚上到第二天早上都没有回来。我告诉人们他看起来很沮丧，但没有详细说明。保罗显然知道其中有更多的内情，但他没有逼我吐露实情。

保罗醒来时，我向他提到了我在天空中看到的光。

"不会是卫星。"他说，"从南到北？"

"我敢肯定。"当它消失在树林里的时候，它就在北斗七星里。

"不可能是人造卫星，它们早就消失了。

可能是一颗掠地小行星，它们会有偏心轨道。"他解释了黄道的平面，我多少明白了一点。更有可能的是，这是属于他者的东西。被岩石弹回的东西，或者受到力的保护，就像漂浮物上的加压场。

"在轨道上，这能行得通吗？"

"谁知道呢？没办法上去发现真相。"

"可能是从火星来的。"我说，"如果其他人没有中断他们的电力供应的话。"

艾尔莎在聆听,"也许它来自天堂。小耶稣终于决定来帮助我们脱离困境。"

"如果火星有能量,并能向地球发射一艘飞船,"保罗说,"为什么会到这里?他们会把飞船发射到华盛顿、伦敦或别的什么地方。"

"我们在这儿。"我说,"火星人是为我们而来。"

"但他们不可能知道我们在这儿。"艾尔莎说,"并不是说满怀希望有什么不对。"

我们一直等到太阳从东边的群山中升起。"卡德知道我们要去哪里。"纳米尔说,"我们不能再等了。"

我不会反对,而且也许并不是唯一希望最后见他一面的人。其他人谁也没有最终目睹他往枪膛里塞了什么。

我们还有那辆邮政手推车,虽然推着它在砾石路上走效率不高。我们不得不仔细筛选了这些书,把其中的一半留给了杰曼夫妇。我们保留的那些书主要是儿童书籍和一般性的参考资料,比如《大英百科全书》系列。

作为交换那些书的代价,杰曼夫妇给了我们一把铲子,这是一种折叠式适合露营者的工具,叫作掘壕沟工具。我希望我们不需要用到它。

我们确定携带了所有的弹药和足够的武器,所以每人至少有一支枪。纳米尔带着防暴枪和一把手枪,艾尔莎只有一只胳膊还能用,她拿着另一支手枪还背了两条机关枪子弹带,那是为保罗的武器准备的。我有一支突击步枪和一把大砍刀。

我希望我们看起来足够危险以至于别人不敢攻击。也许我们看起来比我感觉的更危险。除了用枪带固定在我背上的步枪和一走路就撞到我腿上的大砍刀，我的前胸后背上各挂了一加仑水，我的右臂下还有一个布袋，里面装着字序从 CAM 到 FRA 的三卷百科全书。

百科全书在手，从 CAM 开头的照相机 camera 到 FRA 开头的兄弟会 fraternity，我打遍天下无敌手，不过要是遭遇了枪战，负重过多的我可能会有点龟速。

邮政手推车发出噪声，嘎吱嘎吱地穿过砾石，需要两个人拖着它才能高效率地前进。因此，我们只好轮流当上了拖车工：我们两个人看车，还有一个人留下来当警卫，另外三个人，加上杰曼，静静地向前移动。他们会在没有危险的时候发出信号，我们就把装满东西的小车拖上来和他们会合，然后交换位置。杰曼总是在前面，以防我们碰到她的邻居。

实际上，这效率并不是太低，每个人都有一半的时间在休息，所以其他时间都能跑得很快。

到了丁字路口，我们加快了速度，拐进了一条铺好的路。我们稳步前进了大约一个小时，然后遇到了人。

从很远的地方我们就彼此看到了对方。他们停下来等着我们，紧张兮兮，寡不敌众，武器装备也不如我们。

两个男人，两个女人，还有个婴儿。其中一个男人年事已高，另一个男人看起来比杰曼的老公情况更糟，裸露的手臂和脸上都有辐射灼伤，形容枯槁，病兮兮的。

我们走近时，保罗跟他们打招呼。"你们好。你这是在边界受到了辐射吗？"

老人倚在步枪上，也许是想显得随意些。"这孩子是在边界受到了辐射。他开车回家,但现在车坏了。"

"你们去哪儿?"

"怀里卡。霍尔德斯托克的一个地方,据说他们没有任何辐射源。"

"要走很长的路。"杰曼说。

"人们告诉我们不要选择 2031 号路。你们最好也不要。一些工友把路堵住了。"幸好我们是朝另一个方向走的。

"该死的瘸子帮。"杰曼说,"他们认为他们拥有这条路。"

"嗯嗯。"那个年轻小伙子说,"这是一个汽车团伙。如果是瘸子帮的话,我可以穿过去。"他撩起自己的 T 恤,露出了胸前精致的龙形文身。

那对杰曼一定有某种意义,她点了点头。"霍尔德斯托克没有治疗辐射的药品吗?"

"他们打发我们去怀里卡。"

"我跟你们一起去,你不介意吧。我老公也被辐射烧伤了。"

"我认识你。"拿着步枪的男人对我说,"你就是那个从火星来的女人。"

我差点说,是啊,人们说我长得像她,但是美国国家航空航天局的衣服太显眼了。

"这对我们有很多好处。"保罗面对那个男人说道。

他慢慢地点了点头,也许是收下了保罗的弹药。"当然,来吧,跟我们一起走。"他对杰曼说。

"祝你们能顺利归家。"她对罗兹说,并疑惑地看了我一眼。来自火星的女人?他们慢慢地走开了,没有回头看。

又花了一个半小时才进入了霍尔德斯托克。我们遇到了另外两个小团体，不过也许还有其他人躲着看我们经过。那两群人一看见我们就跑进了树林。

这个小镇的住宅区只有几个街区的独立住宅，与公寓、酒店和招待所混杂在一起。小镇上的商业区出现得相当突兀，商店的设计出奇地统一，年代也很明显。杰曼说，那是因为大约 30 年以前，这座小镇的大部分地区都被一场失控的森林大火吞噬殆尽。

在护理中心外面排队等候的人不多，只有 5 个人，但里面还有 6 个人坐在椅子上等着。一名护士拿着一张纸走了出来，这张纸被胶带粘在一个没用的笔记本上。她是个漂亮姑娘，穿着白色的制服，干净得耀眼，腰上系着一条粗皮带把制服分成了两截，枪套低低地悬在皮带上，里面是支沉甸甸的手枪。

她对我们没有加州币并不感到惊讶，并接受了一盒脱水大米和泰式鸡肉串作为"象征性的首付"。罗兹签署了一份只有两段话的文件，基本上说，她将在事态稳定下来后付款。那张纸的正面和背面共有几十个签名。

我有一种感觉，一张白纸很快就会比一张印着罗纳德·里根戴牛仔帽的头像的纸币更值钱。

罗兹去排队，而我们坐下来享用了一顿口感松脆的炒面午餐。没法烧开水，除非把家具都劈了当柴火，这食物放在冷水里不会完全变软。但如果你不知道它是从哪里来的，你可能会把它当作某种新奇的东方菜，异国情调满满。

在医院外面的草坪上，有一个跳蚤市场，三张折叠桌上摆的满满当当，值钱的和不值钱的摆在一起。一条精致的珍珠钻石项链，旁边是几乎满满一盒口径 22 毫米的子弹，现在弹药可比珠宝更值钱。

艾尔莎用一根不错的绮年华书写棒换了一件奇怪的厨房用具——装在一起的三个小沙漏，分别可以计时三、四、五分钟。很有用的计时器，可以用来安排卫兵站岗放哨。

大约一个小时后，护士回来接艾尔莎，他们是根据病人病情的严重程度来诊断的。

当她回来的时候，她打着透明的塑料石膏，一脸茫然的表情，因为吃了止痛药她耳边还在嗡嗡作响。她说她已经准备好继续往前走了，但还是同意在阴凉处休息，直到她的视线不受阻碍。

他们用一根有弹性的绷带把达斯汀的左臂吊在他的胸口上，然后穿过另一只胳膊用"8"字形绷带固定好。绷带减轻了锁骨骨折的疼痛，但限制了他的活动。罗兹的肋骨没有断，只是有一大块瘀伤。而医生只是给我上了几滴抗菌剂并且用塑料凝胶粘住伤口，我觉得嘴唇里面被粘住的感觉很古怪。

如果在飞机上我坐在后面两排，杀死斯塔克的那棵树就会撞到我。妈妈常说我生来就是个幸运儿。

我们还能拥有几个小时的白昼光线，所以选择不在霍尔德斯托克过夜。那里有大量的空房子，没理由不征用一所进行休息，除非我们停留于此的消息会传开。我们的武器和弹药是我们唯一的防御手段，但在某些圈子里，它们也是唯一有意义的集中财富。

我们带上所有的装备，从 2031 号路向北出发，一路留意杰曼老公所说的那条砾石铺的"消防道路"。离这儿只有几英里路，保罗和纳米尔一致认为，与其暴露在废弃的自动通道边上，不如像前晚那样，躲在树林里过一夜。

我不太确定。如果我们待在空旷的明处，没有人能偷偷靠近我们。

当然，疲劳可能影响了我的判断。我厌倦了像士兵一样站岗，像供应饮水的人一样来来去去，我就想找一片树荫像滩烂泥般瘫在里面。

不过，只过了大约一个小时，我们就找到了通往森林左边的那条砾石路。我们沿着这条路向小山上爬了几百码，在再次开始走下坡路之前扎了营。

我们在一小块空地上安顿下来过夜，从消防道路上是看不见这块空地的，所以只留了一个人在路边站岗。

我排在第四班站岗放哨，大约两点到四点。保持清醒并不难：某种动物不停地在看不见的地方走动。

艾尔莎之前换来的沙漏计时器在月光下很容易看到。我用的是能计时5分钟的沙漏，数过24次翻转流沙后，我去叫醒了达斯汀。那只动物已经不再制造噪声，所以我很惬意地睡在了我香喷喷的树枝床上，挨着保罗，但没碰到他的身体。我本可以和他灵肉交融一下，但他睡得正香呢。

我一觉醒来，发现有个意外，令人不快：我们有不请自来的不速之客了。密探，像一尊邪恶的白佛一样，正蹲在树下。他的衣服是无缝的，就像他把衣服浸过塑料似的。

艾尔莎站最后一班岗。她不知道密探什么时候出现的，他什么也没说。

他目不转睛地盯着我，一声不吭。"你在这里多久了？"

"你凭什么认为我曾经离开过？"他站起来，拂去身上的灰尘。"他者要我露面。"

"为什么？"

"他们不解释他们做这些事情的原因。也许他们想引入刺激物看看你们的反应。"

保罗走到我身边。"耶稣啊。没有咖啡。"

"这儿有。"密探单手做了一个小动作,两个白色陶瓷马克杯出现在我们脚下,热气腾腾,香气四溢。

保罗拿起一杯。"这不是真的。"

"喝一口试试看。"

马克杯是实心的,热的。咖啡味道挺好喝。

"我知道它看起来是真实的,感觉也很真实。"

密探手里凭空出现了一个咖啡杯,他呷了一口。"但是你不能无中生有吧?"

"这是一部分。"

"你知道那些原始野蛮人第一次看电影的故事吗?20世纪,电影影像投射在屏幕上。"

"愿闻其详。"

"他们看了看屏幕后面,什么也没有。随后,图像消失了。因为那不是真的。"

"这故事是真的吗?"我问道。

他笑了。"我是从书上看到的。"

我听见罗兹从我后面走过来的声音。

"你好。"她说,"你到底是什么人?"

"你好,警察。把我当作你们和他者之间的翻译吧。我们决定称我为密探。"

"那么你的真名叫什么?"

"我不需要名字。我独一无二。"

飞向地球

她叹了口气。"那是咖啡吗?"

最终,密探为每个想喝咖啡的人都变出了一杯咖啡,然后等喝完咖啡后把所有的咖啡杯送回了它们原来所在的地方。不过,我们得自己准备早餐,往几盒炒鸡蛋和炸豆泥里加开水。

它们加热得不错,但尝起来有点塑料的味道。

"如果你同意不和我们一起走的话,这是个友好的表示。"纳米尔对密探说。

"难道不是吗?"密探赞成他的说法。"但他者给我下了命令,可以这么说。"

保罗把防暴枪指向他的方向。"我可以把你炸成碎片,然后用大砍刀把碎片剁碎,但我想那是在浪费弹药。"

"我不知道结果会怎么样。欢迎你来试试看。"

他看起来好像在考虑这件事。"我觉得结果不会让你满意的。"

那是一个美好的清晨,正如故事书里描写的那样,我正步行穿过森林,但碎石开始硌得我的双脚生疼。下次我们去商店的时候,得买双结实好走的鞋了。

密探和保罗走在前面,保罗跟他什么也没说。我赶上前去,本来想问保罗一个问题,但马上就忘了该问什么,因为三个人平端着枪走出了藏身处。"放下枪!"一个人对纳米尔说,然后用枪指着我。

保罗小心地放下手中的武器,我也一样。我记得他用枪套装了支手枪,掖在后腰,用衬衫掩住了,但不知道它是否还在那里。其他人都放下了枪。

其中两个男人健壮结实,还有一个男人很瘦。他们都是白种人,上身赤裸，胸前有一模一样的 Toyota 文身。他们的武器是民用的，显然价格昂贵，木头比金属要多，雕刻得很精致。

"我在立体视频上看到你了，混蛋。"块头较大的那个男人说。我打起精神准备应对，但他是在和密探说话。"你是外星人的代言人。"

"我是他们的化身。"他保持中立地说。

"我给你捎个口信。"他用步枪瞄准密探的胸部，向他连开了三四枪。

他被子弹的冲击力撞得向后摇晃，但他身上没有血迹，子弹击中的地方也没有留下任何痕迹。"你失手了。"他说道。

当然，那个男人没有失手，但他走近了一些，近距离平射，连开了四枪。密探从容自若承受了子弹的冲击。

"拿着它，一号。"瘦子说。他耸了耸肩，甩掉了身上背的背包，从背包里拿出一把看起来就很邪恶的斧头。"让我们看着你消失吧。"他单手举起斧头，然后走上前去挥斧下劈。

"可能有用。"密探说着，用一根手指指着他。有一种像玩具枪一样的爆裂声，那人的头顶，也就是眉毛以上的部分炸开了花。他倒在地上死了，依然一脸坚定，表情至死不变。

"妈的。"首领说着往后退去。密探指着他说："砰。"一串子弹把他的胸膛正中打穿了个洞。在他倒下之前，日光从他胸口的这个洞穿了过来。

第三个人扔下枪，跑回了树林。

纳米尔拿起其中一件武器进行了检查，避开了鲜血淋漓的枪把。它中间的铰链式枪管开着。

"运动员。"他说,并抖出了一颗子弹,"一颗火药子弹,但如果你射不中,你可以用激光炸了那畜生。"

"一枪就够了,"保罗看着巨大的子弹说道,"不过,我想我们不需要它。"

纳米尔说:"拿一会儿,然后扔掉。把子弹扔到别的地方去。"他把那人的突击步枪扛在肩上,环视了一下血淋淋的现场。"我建议我们不要浪费时间埋葬这个……败类垃圾。"

"在过去,"罗兹说,"他们会把敌人的尸体挂在树上作为警告。"

"这样就行了,"保罗说,"让我们继续前进吧。"

"我先给他们搜下身。"纳米尔说。他和达斯汀开始翻尸体的口袋。喷溅出来的鲜血和脑浆让我敬而远之,但还是仔细查看了一下那个瘦子的背包。半条硬面包和四听沙丁鱼。一个塑料袋,里面装了三发大口径步枪子弹和一个小点儿的弹药筒。

有个信封,信封里有三张详细的地图,其中一张是整个加利福尼亚州的地图。一个钱包,里面装满了已经作废的钞票和一卷加州百元大钞,用橡皮筋捆在一起。还有装满酒的金属瓶。

背包一边的侧袋里装着一支银色的小手枪,另一边的侧袋里装着两盒手枪子弹,口径为25毫米。保罗建议我留着它们,尽管它们在"真正的"战斗中用处不大。我想我可能会习惯于不真实的战斗。

他递给我一枚手榴弹,上面只沾了一点血。我不要,于是罗兹把它塞进了她的手提袋。

背包空间很大,足以放下百科全书和我装在布袋里的食物。背包上只溅了两个血点,但当我把背包背在背上,然后把带子系紧的时候,它确实让我有种不舒服而且不干净的感觉。一个死人背过的背包,还有一瓶死人喝过的朗姆酒。

但背背包比手拎沉重的布袋容易多了。保罗啪的一声把那把小斧头扔到了一边。

为了防止冲突时发出的噪声引发不必要的关注，纳米尔让我们藏在可以俯瞰道路的悬崖边上，观察动静并等待一个小时。所以我刚背上背包，须臾之间又把背包拿了下来。

在我们身后，有一种鸟啪嗒啪嗒地落了下来，以死者为食。它们不吵不闹不聒噪，也不咯咯叫唤；除了鸟喙撞击发出的沉闷声响以及撕扯衣服和肉的声音外，其他什么声音也没有。

当纳米尔终于宣布过完一个小时的时候，鸟儿们还在慢条斯理地享用它们的食物。已经是上午了，天气依然凉爽，我们出发了。

我们采取了与前一天行进相同的模式，只是增加了一项预防措施：每当我们停下来休息时，达斯汀都会偷偷溜回来，以确保我们没有被跟踪。

那些还会跟踪我们的人肯定心硬似铁、难以撼动。我瞥了一眼秃鹫大快朵颐的露天宴席，肋骨在两堆红色内脏里闪闪发亮，还有张被撕裂的脸。

不过，在世界上大多数地方，我觉得像这样的血腥场景会像日落一样屡见不鲜。今天还剩下多少亿人尚在人间？有5亿人吗？食物还能维持几个月？4个月吗？

我们到达自动通道时，已经是正午时分了。那里有一道高高的围墙，顶上有带刺的铁丝网，但围墙底部已经被激光烧出了洞口，洞口的边缘是熔化的圆形珠子。

我们回到森林的阴凉处吃东西，休息了一个小时。

密探正在研究一张织得密密麻麻的网,悬在灌木较低的枝杈上。

"看起来像毛毛虫。"我说。

"马拉科索马·卡利福尼库姆①。不知世事,快乐而又无忧无虑。"

"它很快就要死了吗?"

"他们活不长了。"他拿起一根棍子,轻轻地捅着那张网。

"我的意思是'他者会抹杀它的存在,同时也杀死我们和其他一切生灵吗?'"

他没有看我。"我真的什么都不知道。他们不会跟我商量。不过他们大概知道我在做什么,在想什么。"

"那么,你觉得呢?我们有没有可能夺回我们的世界?"

"如果我是人类,"他对着那张网说,"并且像人一样思考,我就会问自己,如果恢复我的世界,他者究竟会如何从中受益。假如我像人一样思考,我会想出什么答案?"

"但你不是人类。"我锲而不舍地追问,"你觉得如何?"

他盯着我,眼睛像百货商店里假人的眼睛一样逼真而呆板。"在很多方面,这个问题都没有意义。我在这儿是不用动脑子的。如今你应该知道这一点了。"

"当你杀死那个拿着斧头向你扑来的人的时候——"

"这就像拍苍蝇一样。他的搭档是另一个麻烦。那个逃跑的人倒无关紧要。我知道,等他逃回去后对他的同伙说起这一切,可以避免其他人再来打扰我们。"

---

① 马拉科索马·卡利福尼库姆:拉西奥坎皮达家族的蝴蝶物种,被发现于北极的西部。

正如他所说，有人打扰我们，倒不是特别戏剧化。一个大约12岁的女孩从围墙洞里钻了出来，边哭边用西班牙语喋喋不休。纳米尔和她谈了一会儿，抚平了她的情绪。

"她父母在这里北边开了家杂货店。他们失踪了，商店被劫掠者洗劫一空。她等了两天，当她父母没回家时，她就出去寻找他们。"

她哭了起来，然后坐在地上擦眼泪。

"她担心他们已经不在人间了。"他说，"我不知道该对她说什么。"

告诉她她的猜测是对的吗？罗兹走了过来，用结结巴巴的西班牙语温柔地跟她轻声细语。

"她的名字叫赫莫萨，她在圣塞巴斯蒂安有亲戚，那个地方跟我们要去的地方方向一致，沿着这条路大概走10英里就到了。要把她带到那儿去吗？"

纳米尔说："当然啰，区区10英里嘛，她能吃掉多少东西呢？"

结果她狼吞虎咽了很多食物：一个正在生长发育期的女孩，还已经饿了好几天。她没有为旅行做任何准备——半夜三更的时候，她听到有人说话，于是她就逃跑了。她说她躲开了流窜的帮派，人数多达百人。即使考虑到一个12岁孩子有可能出于想象力夸大其词，我们也最好还是做好准备。

保罗和我将"保卫"密探和赫莫萨——远离麻烦，也就是说，成为最不容易遭遇武器和混乱的人。纳米尔和艾尔莎偷偷地向前走半英里左右，如果海岸是安全的，他们会回来接我们。罗兹和达斯汀会留在后面，埋伏起来，会用足够长的时间来确保没有人跟踪我们。所以我们就像一条有弹性的尺蠖那样前进，前面有四条腿，后面也有四条腿。保罗和我，还有那两个不速之客，是在尺蠖肚子里鼓鼓囊囊的部分。

赫莫萨问了密探一个问题,密探干脆利落地用西班牙语回答了她。她安静下来,向前走去,把我和保罗夹在她和密探之间。

"你刚才说什么?"我问他。

"她问我是不是来自太空的怪物。我告诉她我们三个都来自太空,至于谁是怪物,就看你问谁了。有道理吗?"

"她似乎已经明白了。"保罗在密探的肩膀上拍了拍。"不过,事实上,你今天表现得更像个盟友。如果你不在的话,我不知道那些小丑会对我们造成怎样的伤害。"

"你们真幸运!"他对保罗的说法表示赞同。"我原本认为可能有一场近距离的枪战,你们中的许多人可能会受伤,甚至丧命。"

"你来得正是时候。"

"一如既往。你现在愿意犯个逻辑谬误吗?"

保罗对他皱起了眉头。既然达斯汀不在身边,我就替他开了口:"倒果为因的谬误。仅仅因为 A 先于 B,并不意味着 A 就会导致 B。"

"是的,我明白了。别担心,我不认为是你召唤出了那些家伙。如果你或他者想威胁我们,你可以更直截了当地这样做。"

"但是我们?只是为了唱反调。也许我想让你相信我,于是就制造了一起事件来激发信任。"

我说:"然后抛出一个相反的论点,只是为了让我们迷惑。"

"我喜欢这个游戏。"他答道。

沉默了几分钟后,保罗说:"为什么子弹对你没有影响?我的意思是,它们确实有些效果:我看到他们开枪打你的时候,你会摇晃着身体后退。但是后来,你毫发无伤。"

"嗯，确实发生了一些事情。我感觉到子弹接触我的身体，正如你所说，我显然吸收了它们的一些动能。然后我吸收了金属本身。"

"不疼吗？"我问道。

"有某种感觉。我觉得与其说是痛苦，倒不如说是快乐。

"我知道，把我送到这里，以及让我留在这里，需要很多能量或者类似能量的东西。我'吸收'了子弹的动能、食物的化学能和阳光的辐射能，这些都有助于我留在这里。"

"所以如果我们把你锁在一个不透光的箱子里，不给你东西吃，你就会消失吗？"

"欢迎尝试。不过我想我还是会重新出现在外面。或者吃掉箱子。"

保罗点了点头，若有所思。"那么，你是刀枪不入无懈可击的啰？"

"我不这么认为。肯定有极限。例如，我可以站在燃烧的房子里，但却无法在恒星内部保持身体的完整。我从未尝试过这么干，但我无法想象是什么东西产生了这种约束力。"

"也可以试试核武器。"

"可能吧。但我认为这是浪费时间。他者只会制造出另一个我。"

"我不认为一枚地狱炸弹能有多大作用。"我说道。

"持续不断的辐射？我乐意之至！完全是能量盛宴。"他仰望天空。"我能感觉到从你昨天飞过的那片大气层反射出来的二级热量。"

保罗说："所以辐射和子弹对你没有影响。但当斧头砍向你的时候，你保护了自己，使自己免受斧头的伤害。"

"这可能会让我受伤。无论如何，那会让我需要花时间来复原，在复原期间可能会有麻烦。"

我们默默地走了一会儿，保罗皱着眉头问道："那么，你究竟站在哪一边呢?"

他用拇指指着保罗的突击步枪,问道:"那支枪站在哪一边呢?"

"它站在拥有它的人这边。"

"真的吗?"他小心翼翼地把手伸过去,擦去枪管后面的灰尘,然后用拇指指甲在上面划了一下。他凝视着它所揭示的一切。

"从序列号来看,这是一件真正的古董。再过一年,它就有100年的历史了。

"这是在阿根廷为巴拉圭军队批量制造的武器,当时巴拉圭军队正在与乌拉圭和古巴作战。"

"古巴不再是一个国家了吧?"我问道。

"暂时不是。但你并不拥有这把枪,保罗,并非真正拥有。我认为枪实际上是站在扣动扳机的人那一边。"

"好吧。不要太钻牛角尖了。"

"你刚才问我站在哪一边。这种武器显然不是站在阿根廷、巴拉圭、乌拉圭或古巴一边,尽管那些认同这些地方的人可能'拥有'这把枪。现在这把枪站在你这一边了吗?"

"这是个没有生命的物体。"

"这个答案并不确切。当那个有 Toyota 文身的家伙走出藏身之处,命令你把枪放下时,你为什么不朝他开枪?"

"答案显而易见。"

"他和另外两个人本来可能会杀死你们,因为他手持这把枪。那么,这把枪算是站在哪一边呢?"

"你的回答真是拐弯抹角绕得我晕头转向。"

"不,不见得,一点也不。你是在问我站在哪一边。如果你让我做一件我知道会导致你死亡的事情会怎么样呢?要么我所做的事情会导致卡门或者你们这群人死亡,或者让这个国家、这个星球,甚至太阳系灭亡,会怎么样呢?"

"好吧。如果我让你做,你做了,结果导致数万亿人死亡,所以就是我的过错吗?"

"数十亿人死亡。但是谁说了什么'过错'呢?你问我站在哪一边。所有的证据都显示,保罗,我是站在你这一边的。"

"我很荣幸,尤其是你会以我的名义杀死数十亿人。但你显然不站在我这边,你是站在他者那一边的。"

"我不确定这是不是真的。我不确定这有什么意义。他者不像人类一样使用包括你我这样的生物在内的工具。解决问题,回答问题,这就是它们的不同之处。据我所知,他们完全不好奇我的立场。"

我说:"如果我们已经全知全能的话,我想我们也会如此。"

"他们显然达不到这个标准,"保罗说,"否则我们就不会打仗了。他们会碾碎我们,然后继续前进。"

密探点点头,"这是谜团的一部分。你们可能没有他们需要的任何东西,或者至少他们从未从你们这里拿走过任何东西。"

保罗说:"耶稣基督,密探!他们拿走了月球。"

"他们摧毁了它,就像他们摧毁了海卫一一样,但这并非拿走。"

"可以这么说,他们确实利用月球制造了一个工具——把它分解成岩石和碎石,用垃圾包围住地球,防止人类离开这个星球。"

"这么做很有效。"我说道。

"有效了两个星期。"他说,"这是我可能无法理解的地方。人类的反应是无论如何也要试图进入太空,他者会对此感到惊讶吗?"

"你不会吗？很惊讶吧。"

"当然不会惊讶。但这并不是说'如果你们试图进入太空，我们就切断电源'。他们向你提出了一个问题，而人类的本性就是挺身而出解决问题。"

"等一等。你是在为我们找借口吗？"

"不，只是试着去理解他者的想法。如果我对人性了解有那么多的话，他们肯定也了解。那么，因为你们忠于自己的本性而惩罚有什么意义呢？"

保罗说："训练我们，就像旧约里的上帝一样。"

"不完全是。在上帝把你变成一根盐柱之前，他会说'不要回头看这座城市'。差异并不微妙。"

我说："这个上帝是个叱咤风云的婴儿，他乱发脾气，炸毁了世界，造成数百万人死亡。我们应该训练这个婴儿。"

密探用奇怪的眼神瞟了我一眼，"也许你正在训练他。"

14

当我们走到一座立交桥上时，大家都累坏了。保罗建议我们休息一小会儿，避开下午火辣辣的阳光，然后继续赶路，直到天黑。我们一屁股坐了下来，我听到保罗和纳米尔赞成我们不应该走从头顶经过的国道。它沿着一条曲折的路线蜿蜒前进，一个方向通向大海，另一个方向回到俄勒冈州。

密探刚开始像佛像一样盘坐，然后又站直了。"麻烦了。"他说道，身形砰的一声消失得无影无踪。

"嘿，回来。"罗兹说。我也有同感。

"子弹上膛，重新装弹。"纳米尔说道。我往突击步枪的枪膛里装填了一发子弹，从背包里掏出那支小手枪，给枪上膛，然后插在腰带上。我的手开始颤抖，我无法呼吸。

他说："罗兹，告诉赫莫萨一声，让她爬到头顶的路上躲起来。"

"可能太陡了。"她回答道。这种坡度，我自己永远爬不上去，甚至在我十二岁的时候也爬不上去。小女孩顺从地往上爬，但又滑了下来。

她没时间再爬一次了。随着一阵轻柔的呼呼旋转声，一群黑衣人骑着自行车从拐弯处向我们靠拢。中间的一个人吹了一声哨子，然后他们放慢速度，排成一行停了下来。

他们一共有 9 个人。其中三辆车的外观很新，前面有夜光护盾，上面写着"加利福尼亚州高速公路巡逻队"的字样，另外六辆自行车形状各异，看起来是偷来的赃物。

他们似乎都有手枪，三辆官方自行车中有两辆配有步枪套。他们几乎不约而同地从自行车上下来，站在那两辆车旁边。有个家伙脖子上挂了根穿着银哨子的链子，他有把大型自动武器，揣在一个难看的枪套里。他把车停好，手搭在枪托上向前走了一步。"我们是加利福尼亚州——"

"我们不在乎你们是谁。"纳米尔厉声说道，"你们管不到我们头上，我们的枪比你们的多。骑上车走吧，你们就不会惹上任何麻烦。"我从来没听他用过那种语气，非常铁血气质，尽显大男子雄性气概。

尽管纳米尔的枪口死死地对准他，这个领头的家伙还是坚持自己的立场。"你不会想这么做的。即使你们的枪再多，你们也无法与 9 个身穿防弹衣的人抗衡。"

纳米尔把他的武器举得更高，直指着那人的脸。"转身走吧。"

"生不出儿子的警察。"赫莫萨尖声说着，指了指领头的家伙。她说了几个名字。

我不太清楚当时发生了什么，是以怎样的顺序发生的。对面的一两个人开了枪，赫莫萨和罗兹都倒下了。领头的家伙从枪套里掏出枪，开了枪，我想，子弹打入了地下。说时迟那时快，纳米尔的武器发出巨响，子弹出膛轰飞了那个家伙的半个脑袋。他的头盔打着旋飞上半空，在头盔落地之前，每个人都在开枪射击。子弹到处乱飞，堪称枪林弹雨。

我拿出手枪，像他们给我演示的那样握着，双手握枪，但我没有瞄准，只是指着那些身着黑衣的人，以最快的速度扣动扳机。他们中的大多数人都已经猛地趴在了地上，以俯卧的姿势开枪。当手枪打空的时候，我扔掉手枪，举起了步枪。

左大腿一阵剧痛，我仰天摔倒，步枪咔嗒咔嗒地响个不停。我身子蜷成一团，手紧紧地捂住伤口。出了很多血，我小便失禁了。我可能一直在尖叫，但我只记得枪声大作，然后是大爆炸的声音，最后一切归于寂静。

罗兹还活着，不过她脸上有一个长长的伤口；之前那声爆炸，是她从包里掏出了手榴弹，扔向了那些自行车。

只有一个敌人还站在那儿，身子摇摇欲坠。当他举起步枪瞄准时，或许想要投降时，纳米尔把他砍倒了。其余的人都躺在地上，要么一动不动，要么痛苦地扭动着。艾尔莎用那只没骨折的胳膊从离她最近的死者身上拿起一把手枪，走到那群人中间，朝每个人的头部开了一枪。她脸上的表情冷酷无情而且凶恶可怕。

我踢掉我的凉鞋，脱下了裤子，裤子已经被鲜血浸透了。血液从伤口汩汩流出，但没有喷出。子弹差点就打中了我的女性隐私部位，只差两指宽，在皮肤上犁出一道约三英寸长的浅沟。

"把这个缠上去。"达斯汀拿出一块厚厚的白色绷带，四角上都有带子。我把绷带压在伤口上，他在周围系上带子，又把带子系紧。我本应该说个有关性的笑话开开心活跃下气氛，但我正忙着安抚翻江倒海的肠胃努力不要把午饭吐个满地。就在我的伤口下方，他把安瓿中的药液注射进我的大腿。

"好吧。躺下休息，尽量休息。"

"保罗在哪里？"我开始变得昏昏沉沉。

他摇了摇头。"不知道。"我用一只胳膊肘撑起身子，但身子一软又倒了下去。达斯汀小心翼翼地扶着我,我昏了过去。

当我醒来时,天气更加凉爽,而且越来越黑了。艾尔莎正在我手背上抚平一块膏药——某种见效快的刺激药物。头部血流的声音在耳中重重回响,眼前忽明忽暗。

"我们必须往前走了。"她说,"我想让你睡觉。"

"保罗呢?"我问道。

她咬着下唇,"他还活着,卡门。只是……"

我感觉浑身上下轻飘飘的,虚无缥缈,就像在零重力下的状态,也许像幽灵一样。我站起来,努力克服头晕。我能感觉到我大腿上的伤口被缝了几针,也用了凝胶黏合伤口,伤口紧绷绷的但并不痛,只是有股冷飕飕的感觉从皮肤下面传来。

艾尔莎抚摸着我的后脑勺,轻抚着我的短发。它已经长得足以让我看起来像个假小子而不是秃子。我上次揽镜自照顾影自怜是什么时候的事?

黑衣人的尸体垒了一堆,还有两座坟墓,一座大,一座小。一把铲子卡在松软的泥土里。等着继续挖吗?

达斯汀盘腿坐在保罗旁边,保罗躺在一张黑色的塑料布上,上面写着"加利福尼亚州高速公路巡逻队"的字样。当我走近时,我看到塑料布其实是浅绿色的。发黑是因为有血,血已经干了或者正在凝结。

保罗没穿上衣,胸前缠着厚厚的绷带,他的右手血肉模糊形状难辨,前额裹着崭新的白纱布。

只有他的眼睛露在外面。他的呼吸很费力,呼哧呼哧很刺耳。

纳米尔走到我身边，站得很近，没有碰我。他低声说："他还活着，真是个奇迹！他受的是贯穿伤，一颗子弹完全穿透了他的胸膛，然后从背部射出。"

"头部的伤口呢？"我嘴里机械地说着，心中一片茫然。我爱的这个男人要死了？

"可能是颅骨骨折。"那只手的情况一目了然，我不用问了。

"我去叫醒他好吗？"艾尔莎说。

我说："让他休息吧。如果他要死了，就让他去吧。"我不情愿这么说，但话已出口，犹如覆水难收。

纳米尔说："我们必须撤出开阔地带。罗兹找到了一个好地方，沿着这条路再走几百米就到了。"

我环顾四周。这里的确不是一个过夜的好地方，路很窄又弯弯曲曲。人们可以从路两边和头顶偷偷靠近我们。

金乌西坠，鲜红、橙黄和绛紫的霞光云氲漫卷碧空，形成绚丽的彩色光旋涡。"我能和他待一会儿吗？单独跟他待一会儿。"

他们三个悄悄地走开了。我听到有人收走了那把铲子。

他脸上的皮肤又冷又湿，但他的前额却很温暖。我摸了摸他的眼睑，但他没有反应。他的眼睛一直紧闭着。

他喉咙里发出声音，听起来像是"R"。他是在叫我的名字吗？我呼唤他的名字，他吸了一口气，又发出了那个声音。他睁开一只眼睛，把头微微朝我这边歪了歪。他低声说："胳膊，不中用了是吗？"

这总比没有强。"你会没事的，"我说道，虽然心中恐慌，但表现得很有信心。"我们得把你搬走，撤出开阔地带。"

他微微点头，然后闭上了眼睛。

我们把塑料布当作软绵绵的担架,纳米尔和达斯汀帮我抬着他。我们不得不中途休息了两次,但总算把他拖上了公路,越过了水泥护坡道,到了艾尔莎站岗的地方。罗兹在杂草丛生的草地上睡着了,当我们把保罗安顿在她旁边时,她都没有醒来。

"检查一下你的腿,"达斯汀说。我脱掉了裤子,他和艾尔莎仔细地打量着我的胯部,以前可没谁这么仔细地打量过那里。

"这不是我手艺最好的作品,"艾尔莎一边说,一边仔细地描摹着缝线。她舔了舔大拇指,擦去了干涸的血迹。那里仍然感觉木木的。"也许哪天得找个真正的医生重新缝一次。"如果真有那么一天的话。

兴奋剂仍然让我很精神,尽管从四肢传来的沉重感让我知道等兴奋剂效力过去的时候,我会像烂泥一样瘫倒在地。所以艾尔莎让我站第一班岗,趁着我还能睁大眼睛的时候。

等天完全黑下来的时候,我就能听见那堆尸体旁边传来了某种食腐动物的声音。我希望这些到处都是的新鲜肉能阻止他们去挖开坟墓。

但这真的有什么区别吗?地上有饿狼,地下有蠕虫。我试着把这种想法抛之脑后。

那个可怜的小女孩,本来是来找我们寻求保护的。欢迎体会卡门·杜拉的好运连连。卡德是怎么说来着?这该死的枪战,也许不该怪火星招来灾厄……也许应该怪你招来灾厄。

虽然它开始感觉更像个打靶场而不是一场枪战,但被攻击的对象还是接二连三地倒下了。

我那粗糙的右手仿佛依然能感觉到手枪的后坐力,我的拇指指纹处被滑动装置磨破了皮。

我听见爪子与我下面的人行道摩擦吱吱作响,然后停下来了。一只狗或者一匹狼在黑暗中抬头看向我。我把枪上的保险栓向前推了推，在轻轻的咔嗒一声之后，爪子又开始移动了。

这些野兽知道我们在这里。但是它们并不饿，还没饿。

纳米尔晚上10：00的时候来跟我换岗。保罗神志清醒，能轻声说话，呼吸顺畅。我一直呼呼大睡，直到早上6：00的时候罗兹叫醒了我。我们像优秀的小兵一样清理和检查我们的武器。试试开枪，但不要往枪膛里填充子弹。纳米尔跟我们不一样，他的双管猎枪总是荷枪实弹随时待命。

（当自行车骑手们袭击我的时候，我的突击步枪绑在背上，我并没有伸手去拿。我手里拿着手枪，把子弹打空了，然后像个靶子一样站在那里，胡乱摆弄着步枪。击中我的那颗子弹可能救了我的命，因为在罗兹的手榴弹爆炸前它把我击倒在地，要不然所有的弹片都会飞到我头上。）

我们吃了干粮，口感松脆。临时突发了卫生纸危机，我们用印有罗纳德·里根头像的加州纸币解决了问题。

"天堂里又是完美的一天。"保罗醒来时呻吟着说。他仰望着蔚蓝的天空，眼睛一眨一眨的。"我们决定谁去谁留了吗？"

"只有罗兹和我喜欢马。"纳米尔说。必须有人先去滑稽农场，弄辆马车来载保罗。

"我想你应该去，"保罗说，"达斯汀和姑娘们可以保护我。"

"姑娘们，"我说，"我们会给他烤些该死的饼干。"

"把这个留给你防身吧。"纳米尔说道，把那把防暴枪放在了保罗身边。他哗啦哗啦地摇着那盒子弹，"不要把鸡蛋都放在一个篮子里。"

艾尔莎有轻型机关枪和两条短的子弹带。她举起一条子弹带,但他摇了摇头以示拒绝。"只带把手枪就好了。我不会卷入任何枪战。"他希望如此。

他看了看太阳的位置。"走8个小时到那儿,也许再花3个小时回来,这取决于马能跑多快。"

"还有你会不会迷路。"罗兹说。在没有本地导游的情况下。

"非常简单。我会紧挨着路走。"

"天黑了就停下来。"我说道,真是画蛇添足多此一举。

"天黑以前我就回来了。"他信誓旦旦地说。他把背包的背带拉紧,捏了捏我的胳膊,说道:"保重。"

他拐进树林,消失在树丛间。

我们决定保持每隔两个小时换一班岗,一个人站在护坡道上警戒,监视下面通往尸体所在地的道路,另一个人藏在道路的另一边。

我先藏在了道路的另一边,躺在茂密的灌木丛后面,可以清楚地看到下面的路。看到了两只松鼠,听见头顶上有其他松鼠吱吱叽叽闹别扭的声音。没有鸟。我用面前杂乱的茎和枝拼出字母甚至整句话来打发时间。这个,那个,有个地方拼不出来,我只能凑合一下。

罗兹终于来跟我换岗了,她的脸色看起来好了一些。她已经揭开了紧急黏合伤口的凝胶,清理了缝线,然后更均匀地重新涂上新的凝胶。但那道眼睛到下巴的伤口还很糟糕。

所以她不得不用吸管喝水。她把她的保温瓶递给我,温嘟嘟的速溶咖啡和朗姆酒简单混合在一起。这可不是我午餐前常喝的提神饮料,但味道令人难忘。

达斯汀挺直身子站在护堤上,从机关枪瞄准器向下俯视,看着那堆尸体。尸体不像以前那样井然有序了。当我走到达斯汀跟前时,我闻到了尸体身上传来轻微的腐臭味。

"等他们在太阳底下晒上一整天,你再闻闻。"他说道。他把沙漏计时器递给我,把8字形的瓶颈倒转过来,扮了个鬼脸。

"遇到狼了吗?"

"我想是狗,但没遇到。自从天光大亮以后就没遇到过了。"他把手轻轻地放在枪上,"我猜纳米尔告诉过你,这是个微力扳机。只需轻轻一点,就能射出两三颗子弹。"

我看了看旁边的两条子弹带。"我们只有,怎么,50颗子弹吗?"

"实际上只有48颗。你可以在几秒钟内就打完子弹。"

"我会小心的。"纳米尔强调这把枪主要是用于心理威慑,让我们看起来比实际上更强大。"子弹已经上膛了?"

"一触即发。在你能清楚看到攻击者的眼白之前别碰它。"我想他是在说笑。

但是,到底得离多近才开枪呢?此外,这里是加利福尼亚州,当地人都戴着太阳镜,没法看到他们的眼白。

也许我会在他们足够近的时候开火。

我想知道昨天我像没头苍蝇一样一通乱射是不是打死了什么人。如果这很重要,我可以下去看看所有的尸体,看看有没有人被小小的一颗子弹一枪撂倒。

这是一个在星际飞船上时不时被聊到的话题。纳米尔显然对此感到不安,他年轻时当兵,杀人如麻,后来又杀了十几个人。(他从来没有告诉过我这件事,但有一天晚上他喝醉了,对艾尔莎承认了这件事。这并不是摩萨德的官方间谍活动,而是欣嫩子谷惨案之后的个人报复行为。一天之内,他就找到并徒手或用刀杀死了 11 个敌人,之后又杀死了 6 个。)

我们其余的人没有一个有过这样的经历,尽管艾尔莎和达斯汀被认为擅长谋杀的艺术和技巧,而保罗受过基础训练,学会了使用刺刀和肉搏战等。纳米尔说,一次杀戮就永远改变了你,会有隔阂无声地横亘在你与其他人之间。有一次,他想知道这是不是就像做母亲的感觉——这种经历很普遍,但也很意义深远。

有或没有这种经历,会把同一个种族分为两个物种。

我们的哲学家达斯汀指出,这两种行为都赋予了人类通常认为神才具有的力量:给予生命和夺走生命。

那么我算是神了吗?还是只有在你确信你有过这样的行为的时候才算数?如果你认为你有过这样的行为但事实上并没有呢?至少在分娩时没有。我是不是把婴儿丢在这附近了?我作为母亲的身份是有问题的。

以那堆尸体为食的食腐鸟类,扑腾着沉重的翅膀飞走了,一路发出混乱的碰撞声。可我什么也没看见。我的手指越来越靠近一触即发的扳机,我强忍着不要去碰它,因为还不到时候。

然后我开始触摸扳机,刚好能感受到它的寒冷。我略微移动了一下,让枪管对准了地下通道下面的那一大团黑影。

影子动了一下,一只动物慢慢地走到了阳光下。不是狼,体形太大了。

是一只熊,它的棕色皮毛在阳光下泛着古铜色。它左瞧瞧右瞧瞧,然后摇摇摆摆地径直朝那堆尸体走去。然后它——母熊——回头看向阴影处,两只小熊排成一列走了出来。

动物园的喂食时间到了。母熊走向一具尸体——这具尸体离其他尸体有段距离——轻轻拍了一下就让尸体翻了过来。尸体的大半边脸都被吃掉了，被开膛破肚了，内脏拖在后面。母熊撕扯着衣服，把裤子扯脱了一半，然后把肉从骨架上撕了下来。它吃了一点，但似乎主要是给幼崽剥开皮，扯出灰色和红色的肉条。出血量没有你想象的那么多。

小熊们在周围滚来滚去，玩着它们的午餐，如果换个环境它们会很可爱。它们的母亲离开它们身边，爬到那堆尸体的顶端伫立在那儿，环顾四周。

母熊直视着我。

我无法呼吸。我应该开枪吗？一只熊能跑多快？

它咆哮着，震耳欲聋，令人毛骨悚然，然后它摇晃着巨大的头颅，转过身去看着小熊们。

我听见有人从我身后悄悄走来。如果是另一只熊，那就是一只小熊。

"搞什么鬼？"达斯汀明智地低声嘀咕着，"这里有熊吗？"

"不管怎样，总共三只熊。你离开了保罗？"

"他醒了。身边有防暴枪。"他把自己的步枪悄悄放下，跟我的步枪枪口所指方向一致，然后蹲低身子。"我想它们不会很快就离开的。"

"除非有更大的事情发生。"

他的枪是一种昂贵的运动型号，配有一个大的望远镜瞄准器，视野宽阔。他通过瞄准器瞄准了一下，然后在什么东西上点了两次，不是电子控制的。

"别开枪。"

"我不会开枪，除非我们不得不这样做。如果我们这样做了，就试着冲头部开枪，打爆它们的头吧。"

"可能会反弹。"好像是为了证明什么似的，母熊一口咬住一具尸体的头部，显然是想弄碎头骨。但是这具尸体的头部戴着硬塑料做成的自行车头盔，它把这具尸体甩到一边弃如敝履。下一具尸体的头部被它轻而易举地咬开，像核桃一样应声而裂。

"我想只要它有那么多食物，我们就是安全的。"达斯汀说道，仍然通过瞄准器凝视着。

我不太确定。"它们是食肉动物，不是食腐动物。如果它知道我们在这里，母熊可能会发起攻击。"

"它会吗？"

"我怎么会知道？火星上又没有熊。"

"以前这里没有熊，除国旗上能看到以外。"

"什么？"星条旗和熊？

"加州州旗。我猜以前加利福尼亚州有熊。"

我激灵灵打了个寒颤。"纳米尔会带着马从这边回来，他会走这条路的。"

"那还需要一段时间。也许它们能吃饱喝足，然后继续前进。"

"它们为什么该这么干？"它们能有多挑嘴呢？妈妈，这个味道不好。闭嘴，吃光你盘子里的食物。

我调整了一下重心，结果我的大腿一阵剧痛。

"怎么啦？"

"止痛药逐渐失效了，我的腿开始疼起来了。"

"急救箱在下边，在保罗身边。我会留意这边的情况。"

"谢谢。"我试图悄悄地挪开，但灌木丛中发出了轻微的刮擦声。

当我沿着护坡道走到足够远的地方时,我慢慢地站了起来。达斯汀回头看,冲我点了点头。

我头晕目眩,蹒跚而行,一瘸一拐地走向急救箱。保罗用一只胳膊肘撑着身子,斜举起猎枪。他挥手致意。"那阵骚动是怎么回事?"

"熊沿着那条路过来了。你感觉好点了吗?"

"很虚弱。反正跑不过熊。"

"我也跑不过熊。"我找到了那盒装止痛剂的安瓿,并阅读了说明书。24小时内使用不超过两次,除非你经历了飞机失事中被骑自行车的匪徒开枪打中,那你就可以随心所欲地使用了。

我坐了下来,扭动着脱掉裤子,在伤口附近砰地打开了安瓿。

"能给我来点儿吗?"保罗问到。一时之间,我以为他说的是我在光天化日之下暴露无遗的事儿。

"你最后一次服用止痛剂是什么时候?"

他小心翼翼地摸了摸头部的绷带。"我想还是太早了。你的腿怎么样了?"

"幸好我有两条腿。"我把裤子拉起来穿好,坐在他旁边,抚摸着他的手臂。"你应该坐起来吗?"

"是的。也许不该坐起来。"他扑通一声倒了下去。我走到背包堆旁,拿起那支多余的突击步枪。它已经有了一个圆形的弹眼,如果我在纳米尔的军队里,这可能会让我为此挨罚受到鞭打。去吧,我可以接受。我的胯部中弹了,然后回来预备着再中几枪。嚼碎子弹,用我的——

"再次见面了,你们好。"我和保罗之间倏地出现了密探。这一次,他看上去就像包裹在深绿色的塑料布里,不那么显眼了。

我张口结舌说不出话来,花了点时间才找回自己的声音,"你总是在我们最需要你的时候消失吗?"

"我控制不了。我告诉过你的。"

"你知道你不在的时候发生了什么事吗?"

"是的。很抱歉我那时不在这儿,没帮上忙。至少我可以吸引他们的火力,然后以子之矛攻子之盾,就像上次那样。"

"你了解熊吗?"

"我当然知道。你不必担心路上的那几只熊。"

"那只大熊看起来相当可怕。"

"别担心它。"

突然传来一阵枪声,我扑倒在地。然后又传来一阵枪声。那声音是从我刚离开达斯汀的护坡道传来的。

密探没有动。"可怜的熊。"

我摇摇晃晃地站起来,一瘸一拐地爬上护坡道,脉搏咚咚地剧烈跳动着。呛人的火药气味。

达斯汀俯卧着,身体僵硬,还在通过瞄准器瞄准。一缕青烟从枪口冒了出来。

那只母熊一动不动地躺在从人行道爬上来的斜坡上。它倒下时已经走了大约一半的距离了。

两只小熊坐在路上,抬头仰望着我们。

"先别下去。"达斯汀头也不抬地说。

"发生什么事了?"

"它听到了我们的声音,闻到了我们的味道。径直向上冲来。"

"密探早就知道会发生这种事。"

"我自己并不感到意外。"他回头看着我,"你说'密探'是什么意思？"

密探走上前来，走到我身边。"你好，达斯汀。"

"你想来就来，想走就走，不是吗？"

"不。就像我告诉卡门的那样，我对此没有任何控制权。我在这里，然后我瞬间消失了，然后我又回来了，脑海里会自动多出一段记忆，知晓我不在期间发生的事情。"

"不是'记忆'，"我说，"只是'类似'而已。"

"我说话不是一直很小心吗，卡门？我没法用英语或其他任何人类语言准确地表达这个词，但'记忆'很接近。"

达斯汀拿着步枪站了起来。"最好去看看那只熊死了没。"

"别担心，它死了。"

"你在事情发生之前就知道结果了。"我说。

"不是真的。我猜你可能会说'预感'，但实际上，这并不比统计数字更神奇。当我们在时空上离熊的死亡越来越近时，我就越来越清楚熊要死了。"

我突然觉得浑身发冷。"原来早在那时你就知道了。你在立交桥上消失了，就在那帮匪徒杀死小女孩之前。"

"我不知道，不完全知道。就在我离开之前，我有一种死亡即将来临的预感。但我不知道会是谁，会在什么时候。然后我就消失了。"

"你去了哪里？"达斯汀问道。

"我不知道。一切都陷入了黑暗好一段时间。我想这就像人类进入黑夜梦乡一样，但我从来没睡过觉。"

"你有这种感觉，"我说，"但你什么也没跟我们说。"

"不对，他说了。"达斯汀说，"他叫我们小心点什么的。"

"我说了'麻烦'。然后一切都陷入了黑暗。就在那时,对你们而言,我消失了。"

"就像他者想让你远离伤害一样。"我说道。

"不是那么回事。"他以一种奇怪而又探询的目光盯了我一眼。"他们对我的关心不亚于对你的关心。也许更少:如果他们失去了我,他们可以创造一个新的密探。"

"那时候你有预感吗?"达斯汀问道,"就像'小心,有一群骑自行车的匪徒朝这边来了?'"

"没那么具体。我确实知道……我正想说的是……危险来了,死亡即将来临。我知道危险来自外部。"

"可是在你警告我们之前,他者就把你抢走了。"我说。

"他确实开始这么做了。"

"我不知道,"密探说,"再过几秒钟,我可能就会意识到我们必须离开公路,我们可能会逃过他们的注意。"

他以人类的姿态举起双手,表示沮丧或无助。"在有些事情上,我不太了解他者。就像……就好像你制造了一个人类化身,一个机器人,却没有给它嗅觉和味觉……然后连接它,这样它就不能使用将来时和虚拟语气。在他者看来,这就是我的缺陷。就像我知道那种气味和味道的存在,但我对它们没有经验,也无法使用词汇来描述它们。"

"将来时呢?"达斯汀说。

"他者并不是百分之百地了解未来。但无论多么不可能,都不会让他者感到意外。"

"你有点像那样。"我说。

他耸了耸肩。"比你强一些罢了。"

"那么明天怎么样?"达斯汀问道,"我们能赶到农场吗?"

他摇了摇头,向斜坡下望去。幼崽们在戳它们的母亲,试图唤醒它。"我不知道。我不知道会有熊。"

15

纳米尔直到天黑才回来。我们聚集在保罗周围，至少有一个人醒着并站岗，每隔 90 分钟换一次岗。我希望别人睡得比我好。

小熊们在天黑前就离开了母亲的尸身。它们去了哪里？它们会带着其他熊回来吗？

树林里充满了细微的噪声。如果你仔细听，我想它们一直都是这样的。

密探在大约三四点钟的时候消失了，当时我正在睡觉。艾尔莎说没有什么特别的事情发生，她才注意到他消失了。

我们都感冒了。当天空开始亮起来的时候，我们用树枝生了一小堆火，用来暖手暖脚。我们用一个金属杯里热了些水，分享了劣质的速溶咖啡。

黎明后过了 1 个小时左右，纳米尔出现了。他骑着马，牵着一头骡子，骡子拖了一辆大车。他带了一袋煮熟的鸡蛋和一瓶葡萄酒。我们吃了鸡蛋，但把酒留到以后再喝。

纳米尔从衬衫口袋里拿出一张纸，小心翼翼地展开。这张纸已经被展开很多次了。"那个拿望远镜的家伙，惠姆 - 奥，他看到火星上有什么东西，就画了一幅画。"

这是一幅脏兮兮的铅笔素描，画得非常清楚。

"那是火星北半球的大流沙地带。"有一处形状像孩子在地球仪上画的非洲,我指着那里问道,"但那是什么?"

那一块的最南端是一个圆圈,里面画了个十字架。保罗的眼睛睁开了,我把素描拿给他看。"你觉得是什么?"

他眯起眼睛看着它,"地球。"

我说:"不,这是火星。"

"有十字的圆圈,这意味着地球。"

"当然。"纳米尔说,"这是天文学家的符号。难道是他们在沙漠里画的吗?"

"绕着大圈走?"艾尔莎说。

"不用走路。"保罗说,"用重型设备,数百英里。"

纳米尔说:"也许是他者干的。与炸毁月球相比,这事儿轻而易举。"

"可是他们为什么要这样做呢?"我说着,这让我耸了几次肩。

"我想我们做到了。"保罗说,"我是说我们火星人。向地球发出信号,说火星人还活着。"

"让我们就假设如此吧。"纳米尔笑着说,"如果他者想给我们留下深刻印象,他们会做一些不那么微妙的事情。"

农场的人在车里放了一张旧床垫,还有一段塑料带子,可以把保罗牢牢地固定起来。

他没有抱怨疼痛,但是他看起来很糟糕。艾尔莎给了他一支安瓿装的止痛剂,他没有拒绝,就从肩膀上给他注射进去了。我们把他固定起来时,他已经睡着了。

纳米尔看了看太阳的高度:用平臂叠拳法测量有两个半拳头。"我们会在天黑前赶到农场的，没问题。下午早些时候就到了。"

我希望我不会拖后腿。我的腿只需支撑我的重量，有了车和骡子，除步枪以外，我什么也不用背。

骡子似乎很喜欢我，所以我牵着它，或者至少是陪着它走。纳米尔则骑着马每次小跑着前进几百码。艾尔莎跟在我后面。达斯汀是后卫部队，他躲在后面等了几分钟才跟上来。

我们沿着铺好的路走了大约两个小时，先上坡，然后下坡。在一个山谷里——我想应该是一个"马鞍地形"——我们在一个地方拐了弯，那里有根褪了色的橘黄色带子，钉在一棵树上。与其说这是一条路，不如说是一条曾经被割过草的小径。"被野猪牌割草机清理过土地"是我在佛罗里达州度过童年的时候就记住的一个动词。我脑海中总是浮现着长着獠牙的毛茸茸的野猪，但我原来还以为野猪是一种割草的机器。

我那位执拗的骡子同事不喜欢走这条新的路线，它拉扯着挽具，车颠颠簸簸。过了一分钟，它就停下来不肯走了，拍打它的侧腹部让我的手酸痛不已。

纳米尔骑马回来了，他下了马。"它不喜欢走这截路。"他用他的皮带上拴的那把刀从一棵小树苗上砍下一根鲜嫩柔软的树枝，在骡子的面前哗哗作响地抖来抖去，用希伯来语咕哝了几句。骡子打了个响鼻，开始移动。

他把那根树枝交给我。"它记得这个味道。多么甜美啊！"他翻身重新上马，翩然潇洒。

他穿着马靴，佩着手枪套。他所需要的只是一顶大帽子，也许再来上一支香烟。

他显然乐在其中。在他待在基布兹①的时候,农场里养了几匹马,还有几头骆驼。他说他小时候更喜欢骆驼:它们更像宠物,有个性。但按地球时间计算,他已经有一百多年没骑过马和骆驼了。他曾在美国骑过马,那时他是以色列的外交官和间谍,过着简单的生活。

我们的人生道路曾经如此大相径庭,最终却如此紧密地交织在一起,息息相关,患难与共。在他进入太空之前,他曾四海为家,事业有成,职业生涯相当辉煌,但他熟悉的那个世界现在已经和巴比伦一样死气沉沉。纽约、华盛顿、巴黎、莫斯科、特拉维夫——现在全都黑暗寒冷,有些已经一片废墟。但他就曾过着那样的生活。

他脑子里想的是什么?用什么语言?

我十几岁的时候,踏上太空电梯,开始了我认为只会持续五年的冒险之旅。而他是一名联合国外交官。当他在世界各地学习和工作的时候,我却被困在火星上,待在一个洞穴里的小镇上,甚至都算不上是个小镇。105个人在与灰尘和无聊进行着永恒的战争。

我从来没有想过有一天我会渴望无聊。

如果能够做些什么回到那个洞穴里,跟那些朴实勇敢的人待在一起,我愿意不惜代价。

纳米尔在战场上很勇敢,他在火星上也会同样勇敢。我们共享的星际飞船空间狭窄,不到我们在火星上享受的百分之一。但有一个例外,我们都避开了对方的喉咙。这种情况我就不会称之为勇敢了。

骡子的名字叫杰瑞。当我们不得不加快步伐时,我低声说着表示亲热的话,并用那根树枝轻轻拍打它的臀部。纳米尔的马左右回旋绕

---

① 基布兹:以色列的集体农庄。

过树枝，紧张地穿过灌木丛。但杰里只是沉重缓慢地向前走着，也许是为了保持体力，它一直保持得很好。

在正午之前，我们停下来休息吃饭。纳米尔把弹夹里的子弹都倒了出来，那个弹夹曾经掉入河中。他每一发子弹都擦得干干净净，擦得锃明瓦亮，然后又用拇指把子弹摁回原处。

30发子弹。数字充斥了我们世界的大部分角落。5个各装30发子弹的弹夹。一把双管霰弹猎枪，有9发子弹。我还剩下27发手枪子弹和两条装有20发步枪子弹的子弹带。两支信号枪。急救箱里还剩下7支安瓿装的止痛剂，能给3个人暂缓疼痛。

我有伤的那条腿已经变得僵硬，但我还能走。我希望滑稽农场能有更多的安瓿装的止痛剂，但是不想问。

作为一个实验，我吃完饭后贴了一片止痛凝胶。如果是我的嘴中了枪，效果可能会好点，因为它让我的舌头没有了知觉，但这对我的腹股沟没多大效用。

大约过了一个小时，我们来到了那条小河旁，河水汇入滑稽农场后面的池塘。但我们没有顺着河水走。穿过树林那条路要短几英里，幸好我们走了那条路。如果我们顺着小河走，可能就太晚了。

我们在离滑稽农场一英里多一点的地方听到了第一声枪响。它发出回声，但它来自哪个方向是毫无疑问的。

纳米尔从马鞍上转过身来，对我喊道："跟保罗待在这里！离开这条小路！"好主意！

他啪的一声合上了猎枪。"等枪声停了再说。"他说，"如果我们没回来，如果我没回来的话，艾尔莎，你就过来看看。"

"也许你应该等等。"达斯汀说。

"是的，也许我应该等等。"他用脚后跟使劲地踢了一下那匹马的腹部，它就小跑着向前走了。

"该说祝你好运吗？"我说。士兵之间应该互相祝福好运吧？当他消失在拐弯处的时候，那匹马已是风驰电掣，一骑绝尘。

"我们应该躲起来。"达斯汀说。他抚摸着骡子的鼻子，"你会安静下来的，是吗？"骡子把头转向他，明智地没有发出任何响动。我也保持沉默一声不吭。

当我们赶着骡子拖着车穿过灌木丛时，枪声还在继续。时不时零星的几声枪响，不是我记忆中阿姆斯特朗太空部队基地和戴维营里持续不断的交火声。交火双方的子弹都越来越少。

杰瑞总是对我嘶鸣和打着响鼻。当我们艰难地爬上一个小山包时，它很安静。达斯汀天生具有领导才能，甚至连骡子都知道，当人们开枪时，你肯定不想惹人注意。当我们到达小山包顶上时，骡子把它的大脑袋靠在我的肩膀上，像拉风箱一样呼呼直喘，但除此之外，它一直保持安静。

达斯汀说："我从另一边上去。如果我开枪了，你们就别开枪；我会试着把他们引开。"他看着我说道："如果你不得不离开保罗，那就离开吧。"

"不。"我回答道。

"他们不会伤害他的，他们需要他。"

"不。我们不知道他们是什么人。"

"如果是你待在马车上，"艾尔莎说，"我们会和你待在一起。所以给我滚到那边去，保护我们。"

他刚想说什么，但还是转身下了坡。

"那么,两个丈夫就会带来两倍的麻烦。"我低声对她说,"还是四倍?"

"这两个的话,相当于八倍的麻烦。"她低头看着保罗,"希望他会没事。"

"希望纳米尔也没事。"

她点了点头。"他总是身先士卒冲在前面。'总是'的意思是到目前为止。"令人惊讶的是,她用指关节揩去了一滴眼泪。"我们很幸运能拥有他们当丈夫。"

"是啊。这个星期我们过的是什么日子啊!"

她重重地坐了下来,看着她的武器,把它支在打了石膏的胳膊上。"狗屎。"她中立地说。然后慢慢地拉了两次枪栓,又快速地拉了三次,弹出了五发子弹。

一听到这个声音,骡子就不安地骚动起来。

"也许你应该换把枪。"我说道。她的枪在与骑自行车的枪手混战时卡住了,但我后来才发现。她硬是用石膏把卡住的那枚子弹从枪膛里敲了出来,然后把弹夹里剩下的子弹都倾泻到了敌人身上。然后拿起手枪挨个给敌人头上来了一枪,确保他们都下了地狱。在她这么干的时候,我正手忙脚乱地试着止血。

"是啊,也许吧。"她捡起散落一地的子弹,用衬衣下摆把它们擦干净,然后咔嗒咔嗒地把它们装回弹夹。"见鬼,你知道的。那些骑自行车的混蛋们的花哨玩意儿确实吸引我。但我熟悉这把枪,而且我们有弹药——"

远处,传来持续不断的自动射击声。两声劲射,肯定是散弹猎枪开火了。然后步枪和手枪噼啪作响。

"听起来纳米尔到达战场了。"她说。

"我们是不是应该……"

"待在原地,没错。"杰瑞咴儿咴儿地叫了两声,我摸了摸它的耳朵。

这就像无意中听到机关枪之间的争论,狂暴的爆裂声偶尔夹着呜呜声。是子弹从金属上弹回来了吗?不,我之前在树林里听到过这种声音。

我们应该从骑车人首领那里拿走防弹背心。不过,上面全是血和脑浆。虽然这对纳米尔没多大用处,但我不得不考虑到,如果纳米尔骑在马背上慢慢地走着,他会是一个多么容易被盯上的目标。

至少智能子弹没法用了,尽管对方似乎有很多把没法射击的哑枪。

安静了一分钟,两分钟,三分钟。"也许就这么结束了。"艾尔莎说。

不管"它"是什么。我望着小河浅滩的对岸,看不见达斯汀,我觉得情况还不错。"所以我们留在这里?"

"是啊。时刻准备好。"我检查了一下保罗的身体状况,没什么变化,他在这场令人血脉贲张的枪战中一直熟睡着。现在已经没有那么吵了。

我必须用力按压才能感觉到他脖子上大动脉的脉搏,但有脉搏。这么用力按压他都没什么反应,这让我很担心。他脸色苍白,一动不动。我们给他服用太多止痛剂了吗?我抑制住了想狠狠摇他的冲动。

又过了一分钟,仍然很安静。"妈的,"艾尔莎平静地说,"看来不妙。"

"也许他现在在里面很安全,"我说。

"或者很安全,或者死了,或者他受到攻击倒下了。"

我的大脑当机了。"所以我们应该等等看他是否能回来?"

"也许吧。狗屎,我得走了。"

有那么一瞬间，奇怪的念头掠过，我还以为她在说要去解个大手。"跟达斯汀说一声吧。"

她没必要这么做了，因为达斯汀从我们下方的灌木丛里走了出来。"我们上去吧。设置交叉火力。"他用明亮的目光凝视着我，"你留在这里陪保罗。我们天黑前就回来。"

"离公路远点。"艾尔莎补充道，提了个有益的意见。她背起了包，他们就匆匆离开了。

"再见。"我对他们的背影说，突然感到一阵新的恐惧。

他们抛下了我。一支步枪，一支手枪，还有一头骡子，能跟多少个全副武装的疯子对抗呢？

杰瑞挪了挪身子把头从我肩上移开了，还抽了抽鼻子。我把枪从它身边拿开，把胳膊搭在它的脖子上。"就剩你和我了，骡子。"我低声说。后备队，敢死队吗？

保罗和我也算是外星人了——火星公民——虽然出生在地球上。这让我想起了21世纪一部老电影的名字——《银河系公民》——那是我小时候在佛罗里达州看的一部电影了。

当我们在书店和兰尼聊天时，他提到在停电之前，有一场强大的运动，要革新日历。为什么要以一个小小的先知有争议的出生日期作为起始日计算年份？当然，"小小的"是兰尼自己的偏见。当电灯熄灭的时候，三分之一的美国人都是基督教徒。

这是他开的另一个玩笑——如果他们再努力一点，也许就会做对了。这一切都不会发生。

但他的观点很有趣。有些人想以1969年的某一天，在人类第一次踏上另一个世界——月球的那一刻为起始日编制日历。我们知道那是什么时候发生的,精确到十亿分之一秒。

保罗很喜欢这个主意,但他说,只要大家都同意,你的日历是从哪个十亿分之一秒开始的,这并不重要。他说如果你从儒略日的开始算起,天文计算就会变得容易些,我猜儒略日就是尤利乌斯·恺撒出生后所经过的天数。我记得我当时忍住了争论的冲动,毕竟,恺撒生于剖腹产,那么他实际出生的时间是哪个十亿分之一秒呢?他们什么时候剖开他可怜的母亲的腹部,什么时候他的头从伤口里出来,什么时候他的脚出来,什么时候他第一次呼吸,什么时候他们割断脐带,以哪个时间为准呢?毕竟,这是科学。

我自己的孩子"出生"的那一刻,他们的呼吸让代孕机震动了;他们的法定出生日期是23 洛厄尔 33,按地球风格翻译过来,就是2084年12月的某个时候。

也许他们应该革新地球的日历,让起始年和起始日与我们火星人的一样,都以人类第一次踏上火星的那一天开始计时。当然,日历和时钟会在第一秒后疯狂地旋转,失去同步。

无论如何,电脑都不会在乎,只有人类才会困惑。

杰瑞放了个响屁,提醒我人和电脑并非一切。

那么,艾尔莎和达斯汀会如何避免被好人枪杀呢?他们向坏人开枪的事实会让他们平安无事吗?

我试图想象那种场景。他们必须从河的这一边,也就是东边靠近,这里的河流又深又湍急,无法通过。但他们不会沿着河边的这条路走,即使从这里走,也太暴露了。

他们可能会绕到更远的东方,然后绕回栅栏后面。果园没有足够的掩护,这可能意味着敌人不会在那里。

然后呢？当他们冲向后门的时候，大声叫人掩护他们？如果纳米尔在那里，他可以分辨出他们的声音。"别开枪！他们是已经不存在的政府派出的间谍同行。"

我的美国研究学位严重缺乏有关如何在世界末日中生存的课程。你得找双好走路的靴子。清点你的弹药。还有别让骡子放屁放得太响。

我被枪声吓了一跳，但还是听出来了：那"三声枪响"是我们手里拿着的标准军用步枪发出的。两声枪响重叠在一起，接着一声枪响，然后又是两声枪响。

当然，这并不意味着是他们开的枪。但这并不是我们以前听到的狂躁的咔嗒声。他们有时间绕一圈吗？这得取决于树木有多茂密吧。他们是多么谨慎啊！

杰瑞被噪声惊得后退。我拍拍它，告诉它一切都好。对骡子撒谎，我真是个可怜人！

保罗呻吟了起来，我走过去查看他的情况，没什么变化。

我听到一声巨响，便蹲到车后面。在路的另一边，达斯汀曾经待过的地方，灌木丛中有什么东西或什么人在动。

拇指把步枪选择器直接推到B3——开枪，然后朝路的另一边看去。听起来像有人在走路，大摇大摆并不小心翼翼。但是为什么不走在公路上呢？

车藏得太隐蔽了，我不可能看到任何人，除非他穿着色彩鲜艳的衣服。我悄悄地绕过杰瑞，按住它的口套，低声说："安静。"它点了点头，这很奇怪。我下到一条浅沟里，下雨时这里就会变成小溪。我摸了摸口袋里多余的弹夹和护身符，然后按照我被教过的方式，蹑手蹑脚地朝马路走去，把步枪枪托夹在胳膊下，手指套在扳机套里，但没有扣在扳机上。

我右手边的噪声越来越大。走到半路上，我停了下来，蹲在一堆茂密的棕色枯枝后面等着。

噪声也停止了。

有一丝轻微的沙沙声，可能是风声——但没有起风。我把步枪转向那个方向，一个狼头出现了，或者是一条像德国牧羊犬一样的狗。它露出獠牙，耳朵平平地耷拉下来。我开了一枪，子弹射得很低，在那只动物的脸下方溅起几英尺的尘土，脸就消失不见了。

可能是在逃跑，尽管我除棉花般的寂静和金属般的叮当声外什么也听不到。护耳器挂在一个后面的小塑料袋里，这样你就不会忘记使用它们了。

假设这只动物现在已经被吓跑了，但现在方圆一英里内的人都知道我的方位了，我赶紧回到车所在的地方。

水、补给品和多出来的武器还和我离开时一样，绑在车的两边。杰瑞焦躁不安，但很安静。我看着车里的保罗。

他睁开了眼睛。

"保罗？"我唤他，但他没有反应。

我摸了摸他的皮肤，皮肤又干又凉。当我碰他眼睛的时候，他根本不眨眼。

我为他合上了眼睛。

16

我们之前谈过几次,是没有任何警告,没有做好情绪上的准备,骤然失去挚爱之人更好,还是经历痛苦,看着他们慢慢逝去更好。

对你自己来说,你希望死亡是突如其来和意想不到的。但也许对你爱的人来说,你需要时间进行告别。

对哪种死亡更好的问题,我仍然没有明确的答案。如果那个骑自行车的团伙在地下通道边上杀了保罗,我就不会有那么多时间在他生命逐渐消逝的时候与他交谈,或者试图交谈。这样他就不用忍受那挥之不去的死亡之苦了,无论是身体上还是情感上。

当他们回来的时候,我已经停止哭泣,开始挖掘坟墓了。一边挖一边诅咒钝钝的挖掘工具,也诅咒那些盘旋交错顽强抵抗挖掘的粗糙树根。当达斯汀和艾尔莎爬上斜坡时,我只挖出了一个小洞。他们身边还有两个来自滑稽农场的人——惠姆-奥和一个自称叫贾德的人。

"对不起,"贾德说,"你们厮守多少年了?"

"实际上的时间吗?我们邂逅的时候我18岁,只过了几个星期我们就相爱了,或者说我坠入了情网。到现在有21年了吧?"

"不够长。"

"不。"多少年才算够呢?我们回到车前,我低头看着保罗,看着他的尸体。我很矛盾,想触摸他,但我又不想伸手。

贾德跟在我后面，他的大手拿着那把小铲子，就像拿着一个玩具。

"夫人，你说什么我就做什么，不过我们把他埋在农场的墓地里不是更好吗？你们现在是农场大家庭的一员了。"

"当然。"我说，勉强装出一副笑脸。"我没想到，我脑子糊涂了。"

三个男人不费吹灰之力就牵着杰瑞后退，装上了东西，再让它跟他们一起回到了小路上。我们向前走的时候，他们告诉我发生了什么。

我们听到的枪声显然是种试探：两三个拿着自动武器的人对栅栏的前门发动了袭击。他们杀死了站岗的人。

"农夫"们从栅栏角落里的两个警卫室里向袭击者开枪还击，但他们担心在炫耀武力时可能用掉了太多的弹药。

当达斯汀和纳米尔前来支援，从东边侧翼向袭击者开火时，袭击者迅速撤退了，留下了斑斑血迹，但没有丢下尸体。

除站岗的人以外，农场里的其他人都没有受伤，但这是一个谨慎的假设，因为枪战还没有结束。农场里的人要我们尽快进入栅栏。

我感谢他们这么快就来营救我们。达斯汀指出，这并不是真正的慈善。在农场外面，我可能会被抓并被扣为人质。即使袭击者不够聪明，没法做到这一点，武器、弹药和一辆能在草地上行驶的车也都是无价之宝。

毫无意义的短语。什么时候东西会再次涨价呢？

不只是达斯汀、纳米尔和贾德参加了救援行动。他们说，纳米尔本来想把马牵过来，但农夫们已经组织了一个小队，并处于警戒状态，这就是他们能这么快回来的原因。

我从来没有一次看见过两个以上警戒小队的成员，但是除了贾德，还有十一个人跟我们一起穿过树林，有的在前面探路，有的在后面断后。

我们前进的速度相当快,大约 20 分钟后,我们来到了穿过麦田通往栅栏的路上。约翰大声下令,然后带着小队成员散开,回到树林里。

杰瑞看到栅栏时,停了一会儿,然后几乎是向它小跑而去。双开门打开了,纳米尔骑马出来迎接我们。

他朝马车里看了看,点了点头。"我很抱歉。"

"意料之中的事。"我不得不应声,但我的声音无比嘶哑。

他下了马,走在我旁边。"他过世的时候,你和他在一起。"他说。

"在一起,也没在一起。有东西发出噪声,我去查看了一下,是一条狗或者一匹狼。当我回来的时候,他已经溘然长逝了。"

"你肯定很难过。"

既难过又轻松,我想道。如果无法动手术的话,他胸部的伤口是无法愈合的。即使他得到了庇护和舒适的环境,他也活不了多久。他可能和我一样对此心知肚明。当我们可以交谈时,我们都对此闭口不谈,只谈论其他事情。

我们右边传来了枪声,两声枪响。很遥远,但是马和骡子都意识到是时候加速了。在去门口的路上,我们很难跟上它们的速度。门在我身后砰的一声关上了,但他们小心翼翼地又把它拉开了几英寸,一名警卫从门缝里看着外面的动静。

没有人想去做引诱狙击手射击的诱饵。

和离开之前相比,这个地方似乎没有太大的变化,除了一些人携带着武器,还有人更多了。贾德证实,他们收留了几个邻近的家庭,这些家庭带来了食物和军火。

他们是否拒绝了空手而来的人呢?这个问题我可以以后再问。院子里还有其他的马和骡子,待在用废木料碎片临时搭起来的畜栏里。

几个男人为那匹马打开了畜栏的门,把杰瑞从挽具里解了下来。马和骡子都径直朝那堆干草走去,我突然意识到,现在要做到有干草储备是多么困难。得在武装护卫下快速收割。果园和其他作物也是如此。没有人会懒洋洋地在小溪边垂钓了。脚下到处都是小鸡,我猜想它们已经无拘无束了一个小时了。

什么时候恢复正常生活条件才是安全的?还会恢复正常生活条件吗?

纳米尔、达斯汀和艾尔莎帮我把行李搬到我们和另外两对夫妇合住的小木屋里。然后我们走到小木屋的后面,后门外就是墓地花园。

四个活着的人守在散兵坑里,而另外四个人组成的埋葬队正在用鹤嘴锄和铲子快速地挖掘坟墓。他们旁边躺着一具尸体,身上盖着一张沾满新血的脏床单。那个人就是在袭击开始时被枪杀的人,我在树林里听到了打死他的枪响。

他们把鹤嘴锄递给我们,我们开始为保罗的坟墓破土动工。我短暂地挖了一会儿,鹤嘴锄比我们的挖掘工具铲子要有效多了,但对我来说,它太重了,我挥不动。在漫长而沉重的一天之后,我精疲力竭。

当他们埋葬完另一个人后,我们停止了挖掘。罗兹带着两个女人和两个孩子出来了,他们每个人都为葬礼致辞了几句,尽管女人们已经结束了致辞,孩子们还是哭个不停。

我以为我干涸的泪腺已经流不出泪了,但当我们四个人用毯子当担架把保罗的尸体从车上抬下来时,我的泪水又夺眶而出。我们把他放进齐腰深的洞里,把毯子拿了出来。当布料越来越少的时候,就没有裹尸布了。我用纳米尔的刀从我的衬衫上割下一块布,在尘土落下之前盖住了保罗的脸。

我在那时痛哭失声,达斯汀和艾尔莎也哭了。如果纳米尔会哭的话,也许他也会哭的。这个星球上唯一一群去过其他星球的人们,回到地球上等死。

他和我一样,也不需要在葬礼上念祈祷文。但我竭力想记起他对我说过的话:一个人,尽管他在宇宙中渺如轻尘无足轻重,但他的复杂程度却令人惊异。一个不断变化的原子组合,主要是碳、氢和氧,聚合在一起"模拟和定义"了从摇篮到坟墓的美丽生命。

他曾经是一个英俊的男人,充满了幽默、勇气和爱。达斯汀和艾尔莎告别后,纳米尔用希伯来语说了几句,我也说了几句。然后我们各自往坟墓里撒了一把土,艾尔莎带我离开,而纳米尔和达斯汀干重活掩埋尸体。

17

在最后一缕天光下，罗兹召集了所有的成年人，新来者和老居民在餐厅外面开会。总共有一百多个人，大多坐在地上或靠着房屋。她开门见山地直接开始了发言。

"我们都听到过同样的谣言，有些被夸大其词了。树林里并没有集结大量的军队，但是有很多人，而且人数越来越多，不过没有我们这里的人多。他们有武器和弹药，但是食物越来越少。"

"今天加入我们的一些人证实他们有领导阶层，是两个飞车帮的帮派联盟，来自旧金山。"

"飞车帮"是有 200 年历史的社交俱乐部。他们开始时是敌对的氏族，骑着小型改装过的摩托车在旧的高速公路上游荡，开着烧汽油的车直到汽油变得昂贵。

他们发展成为受人尊敬的服务组织，其公众形象反映了他们原本是横行于陆地的海盗出身。大部分成员是男人，大多胖胖的，留着大胡子，穿着皮衣，身上有文身。帮派领袖会有一辆昂贵的、噪声很大的老式汽油摩托车；其他人，骑着安静的电动小轮摩托车。他们组织慈善活动，并总是列队出现在游行和大型比赛中。

在电力中断之后，有几个帮派已经重拾暴力。现在他们扔掉没用的摩托车，骑上了自行车。

他们知道哪些城镇防守不严，于是袭击了他们的商店。在滑稽农场，枪支和弹药的集中保护了农场不受个别帮派的侵害——但枪械文化至上已经变得令人绝望，这种集中也是一种无可替代的财富。所以这两个大帮派已经聚集在一起，计划发动一次联合袭击。

进入栅栏寻求保护的人对飞车党联盟规模的估计千差万别，从100人到1000人不等。

100人虽让人不胜其烦，但没有超过可控范围；而1000人就能征服农场，并夺走一切。

纳米尔知道该如何进行审讯，这是他在人生黑暗时期的工作内容。

滑稽农场没有任何先进的审讯工具，但正如罗兹所见，他完全掌握了基本工具：声音、态度、姿势，还有一个只有一扇门没有窗户的小房间。

罗兹要求纳米尔单独和每一个告密者谈话。他没有抬手殴打他们，甚至没有提高自己的声音，但他得到了告密者们所能提供的尽可能多的真相。

罗兹继续说道："掌控大局的两个帮派——毒牙和瘸子帮——以前一起合作过。他们袭击了像我们这样的聚居地——贝克斯菲尔德和托兰斯——只留下了冒烟的废墟和横陈一地的尸体。

"毒牙们为了性而抓女性成为他们的禁脔，但她们活不了多久。一旦要战斗，我希望我们所有女性都能记住这一点：凶猛点。那儿有——"她清了清嗓子——"还有更好的死法。有比死亡更糟糕的事情。"

"除三个侦察兵以外，我们要把所有人都撤回房子里进行防守。侦察兵也许能给我们发出预警，他们甚至可能渗透到敌军内部，造成一些破坏。他们可以自由行动没有具体命令。

"我们其余的人待在室内,希望他们能坚持住。瘸子帮有一些军用炸药,尽管他们可能在贝克斯菲尔德用光了这些炸药。那里有真正的墙,过去曾经是一个监狱。

"他们可能会更早发动攻击,而不是更晚。他们现在应该已经聚集了最多的人手,所以没有理由推迟攻击。"

"他们会等到天黑再发动攻击。"一个白胡子男人靠在她身后的墙上说道,"天亮的时候,他们不会采取行动。"

她点了点头,"天黑之前,我们要把所有的武器和弹药都整理好。我认为他们不会从前面或后面进攻,至少一开始不会,因为没有太多东西可以隐藏在后面。

"根据惠姆-奥的统计,我们的基本装备有17把突击步枪,使用的是同样的军用弹药,每把枪只有大约60发子弹,所以我们必须谨慎行事。卡门还带了一把使用弹药带的机关枪,但是有多少发子弹呢?"

"只有97发子弹。"我说,"也许30秒就打完了。"

"我们有三把不同大小的霰弹猎枪,每一把枪可能配有一打子弹。纳米尔建议我们等敌人翻过墙,或者进入室内再使用它们。"

"如果他们使用炸药,我们可能会失去一堵墙。"纳米尔说,"所以'室内'变得毫无意义。每个人都在你的左上臂前侧的二头肌上绑一块白布。"

他有一个枕头套,里面装满了从床单上撕下来的白布条。"至少在攻击开始的时候,我们可以在黑暗中分辨出谁是友谁是敌。"

"我不认为我们有什么显而易见的战略。从隐蔽处开火,让他们无处藏身。不要向自己人开枪。"

"我们四个从星际飞船上来的人将负责东南方向的瞭望塔。"他指着那里说，"其他人现在到餐厅里和罗兹见面。她有一张记录夜间位置的图表。"她点了点头，带着他们走了。

我看着他们离开，心中的绝望、恐惧和恐慌的情绪越来越强烈。我想跑，却无处可去。

艾尔莎和达斯汀手牵着手，无言地与纳米尔交换了眼神，然后他俩一起离开了，去寻求一点单独相处的浪漫。"你从不害怕吗？"我问道。

纳米尔忧虑地看了我一眼，然后碰了碰我的胳膊，仿佛电流经过我的身体，我感到一阵刺痛。"总是有一点害怕的，但我们经历过更糟糕的事情。"

但经历那些更糟糕的事情时，我总是和保罗在一起，我想。"那么我该怎么处理这些东西呢？"我有一挺机关枪，和步枪一样长，但更重，还有大约10磅重的塑料弹药箱，还有一把突击步枪和一支手枪。

"我来帮你把它们搬上塔楼。我想达斯汀应该会用机关枪扫射，除非你想这么做。"

"哦，当然。只要我不需要打任何特定的目标。"或者根本没有特定的目标。

其他人可以和他一起挤在塔楼里，带着步枪和夜视镜。这就是他所说的大型双筒望远镜，即使没有电子设备，晚上也能看到更多的东西。"三个人站岗放哨，一个人休息。"他微笑着，"不过，现在的话，两个人站岗放哨，两个人休息。"

我跟着他穿过大院，来到塔楼。我们在那里接替了一个女孩，她看上去确实松了一口气。她可能还没到14岁，比她转交给我们的那支旧步枪还矮。

有一个大大的柳条篮子，用滑轮升降，所以你不必通过梯子搬运东西。女孩一下来，纳米尔就爬了上去，我把所有的武器和弹药，还有两个水壶和一些面包都用柳条篮子运了上去。我爬梯子爬到一半，才意识到我最好先去小便，于是我就这么干了。

塔楼里很舒适，而且不太拥挤，大约有六英尺见方。外墙用厚厚的防弹墙进行了加固。有个齐腰高的木板架，装着所有的弹药，按型号分开。纳米尔确保我可以通过触摸找准弹药存放的位置。

我们眺望着麦田和小路，树林在我们的右手边。几十码开外的地方，树叶变得浓密起来。

我说："他们要来的话，会走这条路过来。"

"如果他们真的攻击这里，如果他们发动攻击的话。"

"如果是你，你不会走这条路。"

"不会。"我只能在渐暗的光线中看到他的脸，他撇了撇嘴。"你试图揣摩敌人的想法。但'在这种情况下我该怎么做？'这个问题是有局限性的——你永远不会遇到这样的情况。乡下到处都是好捏的软柿子，他们可以随便走进软柿子的家里，挥舞着枪，拿走他们想要的东西。所以为什么要攻打堡垒呢？"

"因为堡垒的存在吗？"

"某种意义上来说，算是挑战。"

"掠夺。"我说道。

"什么？"

"他们是海盗，你这么叫他们。他们想要掠夺珍宝。滑稽农场有相当于金币和美元纸币的东西——弹药和食物。"

飞向地球

他说:"酒精和女人。如果他们想得比较深远的话,那么还有所有这些低级的技术,无须电力也能工作的灯和机器。"

天太黑了,看不见架子。我伸手摸了摸步枪的弹夹,那盒手枪子弹,那个长皮带突出的机关枪的弹药箱。一条有19发子弹的短子弹带,子弹已经上膛了。

他能分辨出我在做什么。"你觉得在黑暗中给机关枪装子弹怎么样?"

"不如你去做这件事。"

"好吧。"他绕过我,拿起机关枪和它的塑料弹药箱。把机关枪在他身边架好,然后他向外望去,凝视着外面渐浓的黑暗。"如果他们聪明的话,他们现在正在睡觉。休息一下,午夜过几个小时再来袭击我们。与此同时,时不时地派出诱饵,让我们紧张,让我们打光弹药。"

"他们可以这样做好几天。"我说道。

"如果他们是一支组织良好的军队,他们可能会这么做。但我认为他们渴望采取行动,他们的领导人,如果他们有领导人的话,知道他们每天都会失去人手。今晚他们会袭击我们。唯一的问题是他们会等多久再发动袭击?"

好像作为对这个问题的回答,一声枪响,打在另一边。我隐隐约约听到一个男人的声音,可能是惠姆-奥在说:"不要开枪!"于是没有人还击。

"消焰罩[①]。"纳米尔说道,于是我检查了一下我枪上的消焰罩,

[①] 消焰罩:装在枪口上的一种装置,用来减少由点燃的推进剂气体产生的闪光。

尽管我记得把它滑动到了合适的位置。

"不要不等我们来就开始。"艾尔莎站在梯子上说。她爬上来站到地板上,达斯汀递过来两支步枪,跟在她后面。

"你怎么想?"他气喘吁吁地说。

另一边又传来一声枪响。"我想'子弹上膛'。"随着润滑的金属碰撞声,步枪上了膛。我听到纳米尔把机关枪移开的声音,还有它的子弹带发出的嘎嘎声。"这挺机关枪,我们将等待明确的目标出现再射击。每四发子弹会暴露它的位置。"我们当然知道这一点。这会吸引人们的注意。

"达斯汀,你打三连发。我们其余的人,暂时每次单发射击。"他的声音很平静,除了流露出一点并非害怕的情绪。他正以自己的方式期待着战斗。

他曾告诉我,在一定程度上,每经历一场战斗不死都能让下一次战斗变得更容易。但每个人都有极限。一旦你崩溃了,你就像破罐子破摔一样,那样不是很有用。

也许我们中的一些人与众不同,也许我们一开始就崩溃了。

又一声枪响,接着又一声枪响。我的嘴和喉咙都发干,我集中精力让自己不要失禁。

我听到艾尔莎拧开瓶子的声音,闻到甜酒的味道。"给你,卡门。"这对我的嗓子有点帮助,但我的胃有点不舒服。

继续吧。请就这么干吧。我突然意识到树林里的人们一定也有同感。你可能不希望它发生,但更重要的是,你不想再等下去了。

"各就各位。"纳米尔说,"卡门,到我左边来。"我一时慌乱,不记得该是哪个位置。"达斯汀、艾尔莎,弹夹在齐腰高的那个架子上。

拿五个还是六个？"

他们各就各位，我能听见他们在用手拨拉着数数。他们低声表示同意，风带来了火药的气味。

砰的一声，响亮的枪声，是霰弹猎枪射击的声音。有人痛苦地尖叫道："我的手！我的手！"

接着枪声开始噼里啪啦地响了起来，那是爆米花般的可怕声音。"别开枪，"纳米尔语气温和地说，"让他们浪费子弹吧。"

砰的一声巨响，接着又是三声，子弹击中了我们的墙壁。是朝外的侧墙，是劈开的粗大原木搭成的。

"希望他们没有更大口径的子弹了。"达斯汀说道。谢天谢地，他们没有。

"把手枪给我，卡门。"纳米尔说，"就是边上的那个家伙。"我本应该闭上眼睛的。到了晚上，塔楼里的光线比外面要暗得多。当手枪声响起时，一道明亮的蓝光闪过。除了纳米尔向下瞄准的图像，我什么也看不见了。

"我想我打中他了。卡门，你能看见吗？"

"还没看见。"

"我能。"达斯汀说，我听见他拖着脚走到纳米尔所在的窗前。

"在正门旁边，面向我们这一侧。"

"是的，我明白了。那家伙不动了。"有人隔着老远朝我们这个方向开了一枪；当子弹突突地打在墙上的时候，我感到达斯汀急忙蹲下身进行躲避。一颗子弹穿过狭缝，砰的一声打在金属屋顶上。"狗屎。"他低声说。那可能是他的头刚才所在的位置。

或者是我的头刚才所在的位置。胃里的酒翻涌了上来，我把它咽了回去，然后喝了半壶水压制反胃。千万别吐啊！但我的身体反应与我的心愿背道而驰。我本不想把头伸出窗外，但我实在忍不住，走到门口，全吐到了梯子上去了。

"谢谢你忍着没吐在屋里。"达斯汀说。艾尔莎递给我一条闻起来有汗味的毛巾擦嘴，但我还是忍住了没再吐出来。

然后我坐了回去，拿起沉重的步枪，把冰冷的金属在我的脸颊上贴了一会儿，一股枪油和火药的味道传入鼻中。

"我会没事的。"我喃喃自语，也没人信我的话。

左边有一声巨大的爆炸声，突然亮起了强烈的黄光。"燃烧弹，该死的！"纳米尔说道。

我保持坐姿，屁股一挺，挪得远远的，看到了火焰。前面的双开门上覆盖着一些正在燃烧的液体。有人在楼下大喊"开火！"，锣声也响了三次。

他们有一个用脚踩驱动的水泵，是一辆改装过的自行车，可以把池塘里的水运到厨房。我不知道它的水管能不能伸到那么远。

"目标。"纳米尔平静地说，然后一连开了三枪。然后他低头躲避。霰弹猎枪轰鸣着，几颗子弹噼里啪啦地打在屋顶上。

"几乎超出了射程。"达斯汀说。

"不管怎样，我想把他击中。"纳米尔说。他把帽子挂在步枪的枪口上，举起来去吸引火力，但是敌人没有上当，要么是看不见，要么是节省弹药。

"纳米尔。"一个嘶哑的声音从下方传来。他走向梯子，朝下边那人点了点头。

"我们得把门打开，把水管接到那里，需要你们用火力压制他们。"

"我们会试试看的。从 10 秒以后开始吗?"

"10 秒。"我听到脚步声跑开的声音,就开始数数。

在我数到 8 秒的时候,纳米尔的机关枪开始怒吼了起来。一次长时间的射击,接着是两次短时间的射击,然后他躲回到圆木后面。我听见他啪的一声打开了机匣的顶部,安装上了最后一条子弹带。

他把机关枪放在地板上,拿着步枪站了起来。在燃烧着的门传来的亮光下,他的脸显得很清楚。他盯着看了一秒钟,然后瞄准,扣扳机射出了一发子弹。然后他急忙蹲下身躲避。

"我们现在不要太引人注目。单发射击,一次瞄准一个人。"

我站起来,用步枪指着树林里面。很多声枪响,但没有明显的目标。我漫无目的地扣动扳机,然后重新蹲下身子。

那一枪的炸响让我的一只耳朵嗡嗡作响听不清了,但我想纳米尔说的是:"很好。"嗯,至少我没有朝我们中的任何人开枪。

"这个地方需要有个潜望镜。"艾尔莎说着,站起来瞄准。她开枪了,也许是随意开的,然后又急忙蹲下身躲避。"把它列在单子上。"

又出现了一声爆炸声,听起来像"嗖嗖——嘣"的声音!"他们用上了火箭武器。"纳米尔说。然后突然有一道明亮的蓝光闪烁。

纳米尔眯起眼睛看着它。"耶稣啊!所有人都站起来开枪!"他开始快速单发射击。

我一跃而起,跳到他旁边,向下瞄准。借着燃烧弹持续燃烧的镁光,我可以看到袭击者已经把那两扇门都炸开了,正成群结队地冲过马路,穿过玉米收割后的残茬。数十人,也许是一百人,大多数人没有开枪,一心扑在自己的目标上。

前面的几个人停了下来,跪在地上,越过冒着烟的门,朝栅栏里射击。

其中一个打头的人是卡德,他仍然穿着肮脏的白色旅游套装。

我瞄准了他,但没法扣下扳机。相反,我向他身后的人群开枪,两个人应声倒地,也许是女人或孩子。我又开了两枪,试图瞄准,但没打中。当我再次寻找卡德时,他不见了。

"那是卡德!"我说道。我不知道是否有人做出回应。我们的脚下发生了爆炸,突然前方到处都是火焰。

纳米尔喊了一声,粗暴地把我推向梯子。我下梯子下到一半滑倒了。

我的膝盖撞到了梯子上,不知怎么的,当我撞到地面时,脚踝和肩膀都受了伤。

步枪咔嗒一声掉在离我几英尺远的地方。我走过去,不慌不忙地确认它不是突出的部分先着地,然后把它对准那扇被炸开的门,门上还闪烁着一点火光。

"到这儿来!"纳米尔蹲在一根支撑瞭望塔的桩柱后面。我们刚刚逃离的瞭望塔,其朝外的一面开始燃烧。

艾尔莎就在他旁边,帮他架设机关枪。达斯汀重重地摔在我们之间的地上,然后滚向我的方向。他摇了摇头,茫然不知所措。

纳米尔又叫了一声,达斯汀沉默无言地望了望,然后瘫倒在地。我拖着步枪从他身边爬过。

"看到任何没有绑白布条的人,就开枪。"他说。已经有两三个人越过倒塌的门向外开枪了。两名袭击者差点闯了进来,四肢瘫开地死去或者躺在门槛上奄奄一息。

"什么,他们要自杀吗?"我瞄准那块地方说。

"孤注一掷罢了。"另一个人出现在那里,中枪倒下,接着又有三个人中枪倒下。纳米尔正举着枪。

然后有人向院子中央扔了一枚燃烧弹,烧的是汽油之类的东西——接着几十个人冲进了门,一边开枪一边尖叫。

纳米尔点射,然后连续开枪。尽管如此,袭击者还是不停地过来,匍匐爬过倒下的人的身体,试图左右跑动。

还击。即使隔着机关枪的轰鸣声,我也能听到子弹嘶嘶地呼啸而过。

我模仿纳米尔的姿势,趴着,尽可能让自己目标越小越好。

这种情况经常发生,所以我几乎熟悉了这种身体上的感觉。时间像蜗牛一样慢慢爬行。我的脸和手都因为出了冷汗而感觉油腻腻的。身体内部都绷紧了。我擦去眼泪和鼻涕。

"开枪啊,天杀的!"纳米尔喊道。我来了个点射,然后仍然痉挛地紧握着扳机。我一遍又一遍地扣动扳机,朝人群破门而入的方向开枪。

当我年轻的时候,我对"木桶里射鱼"这个短语感到好奇——这种图像真是太愚蠢了。此外,你可以在桶上打一个洞,让水流出来。不过,我眼前的场景就是如此,或者像会成群结队从悬崖上跳下集体自杀的旅鼠,另一个与现实毫无关系的动物隐喻。人们争先恐后地冲进大门,就像成群结队地从悬崖边上往下跳。

但他们很快就中枪倒下了。最后,其中两个人把那堆尸体当成了盾牌,从他们死去的和即将死去的战友身后,用机关枪盲目地向我们射击。当我紧紧地趴在纳米尔和达斯汀之间的地面上时,子弹从我头上飞过。在不到一分钟的时间里,有人从屋顶射杀了这两个人,然后一切都安静下来了。

相对安静。有人在哭,另一个在一遍又一遍地呻吟。纳米尔跑到那堆尸体旁,扔掉了两人一直在射击的步枪。他仔细端详了那堆尸体,我猜是在寻找生命的迹象。然后他从门后往外看了几秒钟,又把头缩了回来。

别这么做!我差点叫出声来。别去碰运气。有多少人因为火力而退缩了成了漏网之鱼?

一分钟过去了,几分钟过去了,没有枪声响起。一些人拿着蜡烛和急救箱走出主屋,开始四处走动。

其中有个女人向我们走来,我没见过她。

"受伤了吗?"

我的脚踝疼得要命,但并没有骨折。我记得脚踝骨折是什么感觉,从我掉进熔岩管,被火星人发现的那天晚上开始我就牢牢记住了那种感觉。那时我还是一个受惊吓的女孩,现在已经是一个受惊吓的女人了。

"去那边看看达斯汀,我想他是昏过去了。"我在烛光下看着她。她把手放在他的脖子和手腕上摸脉搏。

"他还活着。"她说道。他虚弱地伸出手,摸了摸她的脸。

"又来了。"纳米尔说。他抬起头来仰望。

明亮的蓝光,不闪烁,在头顶上缓缓地移动。某个白痴用机关枪向它射击,曳光弹慢了下来,渐渐消失了。那道蓝光缩小到一个模糊的点,消失了。

"好极了!"他说,"让我们看看他们是否会还击。"

无人还击,在袭击的混乱余波中,这件事被大家遗忘了。有8个人伤势严重。他们在医务室的一侧草草搭了个篷遮风挡雨,把伤员放在临时搭建的地铺上,旁边还有一张手术台,因为医务室里面做手术的光线不足。

他们早就用完了凝胶,不得不缝合伤口。其他的医疗用品都用完了。有两个敌人流血而死,因为农场定量供应代用品。

当然,伤口缝线和其他所有的医疗用品一样,迟早会用完。我们从兰尼那里带来的 19 世纪的医学书籍最终会拯救很多生命。但首先,少数人,乃至几百万人,会因为缺乏纳米技术和代血剂等日常奇迹而死亡。

他们给我的脚踝上绑了个有弹性的绷带,能让我保持直立和工作。我断断续续地睡了几个小时,然后天刚破晓就起床了,去轮班掘墓,不过只干了很短的时间。我大腿上的伤口让我挥不动铁锹,但我可以挥一挥小鹤嘴锄。

农场里死去的人每人一座坟墓,但我和其他 5 个人正在干的,是为 18 个死去的敌人刨一个大而浅的坟墓。实际上,这既是一个坟墓,也是一个火葬场。齐臀深,12 英尺乘 6 英尺。我们用干木头和引火物把它填满,并把松木堆在上面。然后是尸体。

我很高兴可以不用搬尸体,有很多热心的志愿者。

一个直言不讳的少数派希望剥光他们的衣服,成衣很快就会很少见了。"好吧。"罗兹说,"你可以拿走衣服,但你必须自己穿。"没有人去脱尸体上的衣服。

眼前这一幕极为可怖。面孔在火焰中变黑、融化,死尸的四肢被火烘烤得不停伸缩,内脏沸腾破裂,人类的脂肪被烤了出来,火焰明亮而油腻。最后,在咆哮的火焰中只能短暂地瞥见骨架和分离的骨头。

我麻木地看着这个过程。我甚至没有注意到,纳米尔离开我的身边,然后拿着一杯酒回来,他把酒递给了我。

我说："不，我还是想吐。"

"是的。"他边喝边盯着燃烧的火焰说。他微笑起来，我好奇他在想什么。也许我并不想知道他想的具体内容。

"又给你们运来了几具。"罗兹说着走了过来，她身边是拉着车的杰瑞。七八具尸体，显然都是男人。"我们先检查一下所有的口袋里有没有弹药，然后再把尸体放进火里。"

我伸手去够最上面的尸体，然后跳了回去。这是卡德。

"对不起。"罗兹说，认出了他，"让我来吧。"

卡德的脸上毫无表情，很平静，但他的头顶被击中太阳穴的一颗子弹炸开了花。在他头的另一边，子弹射出的伤口有我拳头那么大。

"他什么也没感觉到。"我说。

"很遗憾。"罗兹拉着他的脚把他从车上拖下来，把他拖到火边。她翻出了他的口袋，找到了某样东西，递给我。"你想要就是你的了。"

这是一个钥匙链，上面有两把老式的金属钥匙和一些现代的钥匙。它附在一个小雕刻上，我马上就认出来了：一只小海龟，是用加拉帕戈斯群岛上的塔格拉坚果雕刻而成——在我们登上前往火星的太空电梯之前，我父母给我们买了它们作为纪念品。

我的那只小海龟还在火星上，在我留下的私人物品箱里。

"谢谢。"我说着，并盯着它看，罗兹和另外两个女人抬走了他的尸体。我转身背对着他们，以免看到他的尸体被付之一炬。我们之间不再有爱，但有很多历史。

我与地球最后的血脉联系被割断了。父母早已撒手人寰，我的两个孩子都成了火星人。"我等一下再回来。"我没特别招呼谁，就仓

飞向地球

皇走向厕所。坐着思考时,厕所并不是一个最令人愉快的地方,但如果我在那里待的时间够长,下次我往火里看的时候,我就认不出任何人了。而且火焰的热量突然变得可怕。

18

到第二天早上,大火一直燃烧,灰烬的表面已经辨不出人类的形状了。我们这些挖过坟的人得到了一个早上的休息时间,而另一组人填上了坟墓。

上午十点左右,我自愿给他们送些茶和饼干,这对我来说是个福星高照的时候,尽管对他们来说不是。托盘从我的手中滑落下去,因为我看到了火星人登陆。

一个巨大的漂浮圆盘,大概有整个院子的一半大,迅速地从空中飘下来,停在离地面几英尺的地方。除了我的茶壶和杯子掉落的碰撞声,一片鸦雀无声。

"请不要开枪。"圆盘上传来被扩音的声音,说话用的是美国口音。"我们没有武器,我们没有恶意。你好,卡门。"

"你好。"我说,"我认识你吗?"

"没有。但是船上有你认识的人。"圆盘中央有一个圆顶状的突起。一扇楔形门打开了,正对着我们。

一个火星人走了出来,朝圆盘的边缘探出身子,伸出所有的手臂来跟我打招呼。

"雪鸟?"

"很高兴见到你,卡门。保罗没跟你在一起?"

"他死了……几天前他死了。"

"我很遗憾我们错过了他。我们可以换一个飞行员。回家的路千里迢迢。"

"回西伯利亚吗?"

"回火星。回家。"

"这是从俄罗斯飞来接我的?你说的'我们'是指谁?"

"他们在俄罗斯接我,卡门。当然,他们来自火星。"

"我们正试图找到地球上每一个幸存的火星人。"被扩音后的声音说,"你和保罗似乎是最后一批了。"

纳米尔走到我身边。"离开……永远吗?"他问道。

"我们不知道,"那个声音说,"这都是火星人本土的技术,也就是说来自他者。它可能会永远延续下去,也可能会在今天崩溃。我们唯一确定的是我们不能接触到地球表面。如果我们这样做,动力就会消失。"

雪鸟说:"我们不得不从被雪覆盖的屋顶上跳上飞船。"

"恐怕没有多少时间了。"那个声音说,"保罗不能来的话,你可以带另一个人走。但你现在必须做出决定。"

我转向纳米尔。他的眼睛睁得大大的。艾尔莎走到他身边,没有碰他,脸上宛如戴了面具一般面无表情。"跟她走吧,"她轻声说,"你必须这样。"

达斯汀一瘸一拐地走上前,把手搭在她肩上。"为了我们俩,"他说,"为了我们所有人,走吧。"

纳米尔拥抱了他们俩,说了一些话,我没听见他说了什么。

然后他对一切都置之不理,向我伸出手来。

他的手又大又壮,皮肤很粗糙。"我们走吧?"
我们一起走了两步,纵身跃入半空中。

终　曲

　　从很久以前开始，死亡不再是件简单的事情。当我在大约40个火星年之前回到火星时，我遇到的第一批人中有两个是我已经过世的弟弟的复制体。

　　早在2128年，在他者中断对地球的电力供应之前，两个行星之间的数据交换持续了近一个世纪。完全的备份，包括对卡德的两具备用化身进行了神经机械学的复制，尽管那两具备用化身早已和洛杉矶一起被摧毁了。

　　当然，有数十亿这样的"人类"，作为被动的记录闲坐着，他们最初的肉体早已逝去。如果他们在死前提交了正确的注册文件，他们中的一些"人"甚至在地球上拥有公民身份。卡德提交过这样的文件。如果有人竞选公职，我想，他的复制体仍然可以在加州投票。

　　我时不时地和其中一个复制体聊聊天，但这很诡异。当到了他们按地球时间计算的生日——卡德的生日——日历会滴滴响起提醒我。

　　卡德的复制体从来没有问过我卡德本人死去那一天的事。

　　要是我的父母活得足够长可以被骗就好了，我想和他们中的任何一个谈谈。他们无论如何都不会这么做。我也没有这样做。这需要数周专心致志地投入精力，以及一种渴望，渴望你的意识比你的身体活得更久。

我可能还是会做这件事的。两所大学都在找我,所以这段宝贵的历史不应该被遗忘。

但也许它应该被遗忘。这并不是说他们不会创造新的历史来取代它。

当我亲爱的纳米尔去世时,我们在一起差不多厮守了 30 个火星年。他拒绝留下复制体。他引用了丁尼生的话说明他的心意:"旧的秩序改变了,取而代之的是新的秩序。上帝多方面完成了他的意旨。"

他和我一样不相信上帝的存在。但这是对冥冥中宇宙法则比较方便的缩写。

在这 40 个火星年中,我们两次看到了来自地球的生命和通信的迹象。天文台有一个强大的望远镜专门用于这项任务,每当地球升起,至少会有一个人观测它。

在最近的第二次火星大冲中,我们观测到一个小小的十字架在西伯利亚燃烧,那里是火星人最后在地球上生活的地方。十字架的每条架臂都长达 40 英里,所以这是一项用原始工具完成的工程壮举。20 个火星年之前,一个火红的十字架——或者 X——出现在新墨西哥州的白色沙漠中,就像地球新月上的一个黑点一样清晰可见,长达数月之久。

人类还在地球上繁衍生息,仍在仰望苍穹。

有时在黎明前或日落后,我爬上古老的圆顶酒店,看着蓝色的地球升起或落下。

今天早上我这么做了,在火星人的日历上并没有什么特别的理由,但我的私人日历滴滴作响并提醒我今天按地球时间计算我就年满 90 岁了。或者我的骨头。

飞向地球

于是，我撑着这把老骨头爬上圆顶酒店，独自坐在那里，注视着地球，天空由靛蓝色变成淡橙色。我想起七十多年前的那个清晨，在佛罗里达的黑夜里等待出租车，父亲指着我们即将要去的那个不闪烁的红点，说大约五年后我们就能回家了。

但现在，我的家是我们当时要去的地方。

版权专有　侵权必究

图书在版编目（CIP）数据

飞向地球 /（美）乔·霍尔德曼著；吴天骄译. -- 北京：北京理工大学出版社，2022.11
（火星三部曲）
书名原文：Earthbound
ISBN 978-7-5763-1663-6

Ⅰ.①飞… Ⅱ.①乔…②吴… Ⅲ.①幻想小说 – 美国 – 现代 Ⅳ.①I712.45

中国版本图书馆CIP数据核字(2022)第160904号

北京市版权局著作权合同登记号　图字：01-2022-4364

Copyright © (exactly as it appears in the US edition of the Works)
This edition arranged with The Lotts Agency Ltd.
through Andrew Nurnberg Associates International Limited

出版发行 /	北京理工大学出版社有限责任公司
社　　址 /	北京市海淀区中关村南大街5号
邮　　编 /	100081
电　　话 /	（010）68914775（总编室）
	（010）82562903（教材售后服务热线）
	（010）68944723（其他图书服务热线）
网　　址 /	http://www.bitpress.com.cn
经　　销 /	全国各地新华书店
印　　刷 /	三河市华骏印务包装有限公司
开　　本 /	880毫米×1230毫米　1/32
印　　张 /	8
字　　数 /	172千字
版　　次 /	2022年11月第1版　2022年11月第1次印刷
定　　价 /	49.80元

责任编辑 /	徐艳君
文案编辑 /	徐艳君
责任校对 /	刘亚男
责任印制 /	施胜娟
排版设计 /	飞鸟工作室

图书出现印装质量问题，请拨打售后服务热线，本社负责调换